庫

三匹の子豚

真梨幸子

講談社

三匹の子豚 ◉ 目次

序幕 7
0幕 10
1幕 16
（幕間） 113
2幕 142
（幕間） 225
3幕 236
（幕間） 317
終幕 337

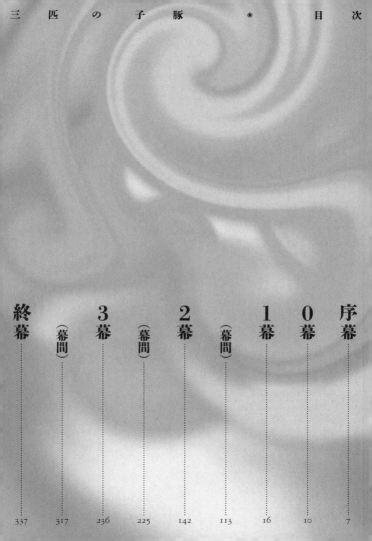

三匹の子豚

【入間毒油事件】

入間毒油事件（いるまどくあぶらじけん）とは、１９６７年（昭和42年）６月13日に埼玉県入間市大字蛇岩の公民館で発生した無差別大量殺人事件。美容講座と称された集まりにおいて提供されたオイルドリンクに毒物が混入され、ドリンクを飲んだ42人のうち、31人がその場で死亡し、残りの11人がその後病院で死亡。合計42人が死亡した、戦後最大の大量殺人事件。被疑者として逮捕、被告人として起訴された美容営業員の蛇岩鶴子（へびいわつるこ、事件当時29歳）は刑事裁判で無罪を訴えるが、１９７７年に最高裁判所にて死刑が確定した。蛇岩鶴子は冤罪を訴えて10度にわたる再審請求を起こすも認められることはなく、死刑確定から40年後の２０１７年11月に獄死した（享年79）。帝銀事件、名張毒ぶどう酒事件と並ぶ、昭和三大毒事件のひとつとされている。なお、鶴子が獄死した１ヶ月前の２０１７年10月、蛇岩鶴子の兄で、蛇岩家の当主であったAさんの死亡が伝えられた。享年85。

（ネット百科事典　インターペディアより引用）

序幕

昔々、あるところに、三匹の子豚がいました。

一番上の子豚は、ひーちゃん。

二番目の子豚は、ふーちゃん。

そして末っ子の子豚は、みっちゃん。

三匹は森の奥の小さな家で、お母さん豚と仲良く暮らしていました。

ところが、ある日のことです。

お母さん豚は三匹に向かってこう言いました。

「あんたたちは、そろそろ独立する年頃だよ。さあ、この家から出ておゆき。そして、それぞれ、立派なお家を作るんだ」

三匹は、渋りました。

「どうして、このままではいけないんですか？　みんなでこれからも仲良く暮らしましょうよ」

一番上のひーちゃんが、三匹を代表して言いました。すると、

「バカだね。こどもというものは、親から独立して、自立するもんなんだよ。ずっと一緒になんか暮らせやしない」

と、お母さん豚は、叱《しか》りつけるように言いました。その声に驚いたのか、

「どうしても、独立しなくちゃいけませんか？」

と、二番目のふーちゃんが泣きだしました。

「ああ、そうだよ。それがサダメだ」

お母さん豚は、少し悲しい目をして言いました。そして、

「お母さんは、見ているからね。あんたたちが立派なお家を作るところを。一番立派なお家を作った子に、お母さんの宝物をあげるからね」

「お母さんの宝物？」

一番上のひーちゃんが、声を弾《はず》ませました。

「お母さんの宝物をいただけるの？」

それまでめそめそと泣いていた二番目のふーちゃんの目も、輝きました。

でも、末っ子のみっちゃんだけは相変わらず暗い顔でうつむいています。

そうこうしているうちに、一番上のひーちゃんと二番目のふーちゃんは、そそくさと荷造りを終えて、競うように家から出て行きました。

残された末っ子のみっちゃん。

いまだうつむいている子豚に向かって、お母さん豚は囁《ささや》きました。

「ああ、可愛い末っ子ちゃん。あたしは、あんたが一番可愛いんだ。あんたに宝物をあげたいと思っている。だから、一番立派なお家を作っておくれ」

「それは、本当ですか？」

「ああ、本当だよ。だから、お姉ちゃんたちより立派なお家を作っておくれ」

「わかりました」

末っ子のみっちゃんは、ようやくその重い腰を上げました。

「きっと、あの二人よりも立派な家を作ります」

そう言うと、末っ子のみっちゃんも家を出て行きました。

0幕

その報《しら》せに気がついたのは、三月二十三日午前一時過ぎのことだ。

風呂から上がって、パジャマに着替え、まさに布団に入ろうとしたとき。ふと気になり、スマートフォンを確認してみた。

「え？」

着信履歴が、延々と続いている。

どれも同じ番号だ。

留守番電話も入っていた。

『那津貴《なつき》、なにやってる。どこにいる。早く出ろ！』

父の声だ。

この声を聞くのは、久しぶりだ。かれこれ、十二年ぶりか？

違う。父が家を出たあと、一度電話が来た。それっきりだ。

留守番電話はなおも、続いていた。

『ばあちゃんが、ばあちゃんが、危篤だ。早く来い』

〝ばあちゃん〟というのは、父の母親のことだ。つまり、僕にとっては祖母にあたる。

『聞こえているか？　ばあちゃんが、危篤だ。とにかく早く来い』

危篤？　そんなことを言ったたって。

僕は、時計を見た。午前一時十七分。

風呂にも入ったばかりだし、パジャマ姿だし。今更着替えるのは面倒だ。

なにより、こんな時間、電車なんか動いているはずもない。ここからタクシーで行けというのか？

というか、どこまで？

留守番電話を最後まで聞いてみると、

『東京三鷹《みたか》の市民病院だ。いますぐ、来い』

三鷹？　東京？　ここは小田原《おだわら》だよ？　しかも、時間も時間だ。電車はない。やっぱりタクシー？

タクシーで行ったら、いくらかかるっていうんだ。

試しにネットで調べてみると、案の定、とんでもない数字が表示された。

「おやじ、無理だよ……」

僕は、立ち尽くした。

『なぜだ？　お前は、ばあちゃんにはあんなに世話になったじゃないか。ばあちゃん子だったじゃないか。そのばあちゃんが今まさに死のうとしているのに、なぜお前は、すぐに来ない？　この恩知らずが！』

そんな父の罵声が聞こえるようだ。

「確かに、そうだよ。ばあちゃんには、可愛がってもらった。でも、今すぐは。……仕事だってあるし」

そうだ。朝一から、大切な打ち合わせがあるんだ。それをすっぽかすわけにはいかない。

「だから、行けないよ。無理だよ。大切な仕事なんだから」

僕は、そんな言い訳をひとりごちながら、父親にショートメッセージを送った。

『明日、仕事が終わったら、行くから』

が、返事はなかった。

もしかして、ばあちゃん、もう、死んじゃったか？

でも、それはそれで、いいのかもしれない。

大往生だ。

確か、今年で八十歳。

平均寿命からしたら少し若いが、それでも充分だろう。生きたいように生きて、そして死んでいくのだから。ピンピンコロリ。これが、ばあちゃんの願いだった。

いや、でも。

なぜ、ここにきて危篤なんだろう？

先月電話があったときは、ピンピンしていたのに。仕事が順調だと嬉しそうだったのに。健康診断の結果が良好だったって自慢していたのに。百十歳まで生きるからね！　と宣言していたのに。

なぜ？

気になって、さらにショートメッセージを送ってみた。

『ばあちゃん、なんで危篤に？　なにがあったの？　なにか病気だったの？』

その答えはすぐに来た。

『首を絞められたんだ。……殺人未遂だ』

え？

こうなると、話は違う。

大往生どころか。……事件だ。鼓動が速くなる。

『未遂ってことは、まだ死んではないんだよね？』

そう、ショートメッセージを送ってみたが、返事はなかった。

同じような問いかけを何度も送ったが、どれも返事がない。電話もしてみたが、電波の届かないところに……云々のメッセージが流れるだけだ。

心臓の鼓動がさらに速くなる。

「いったい、どういうことだよ？　なにが、あったんだよ？」

居ても立ってもいられず、僕は急いでパジャマを脱ぐと、服に着替えた。

時計を見ると、午前二時になろうとしている。

新幹線にしろ在来線にしろ、始発には、どう考えてもまだまだ早い。

「仕方ない。非常事態なんだから」

僕は、覚悟を決めて、タクシーを呼んだ。

＋

「どちらまで？」

やけにテンションの低いタクシーの運転手が、無愛想に訊いてきた。かちんときたが、こういうときは、このぐらいのテンションのほうがいい。

が、

「三鷹まで」

と、言うと、

「三鷹？　……東京の？」

運転手が恐る恐る訊いてきた。

「はい。東京三鷹の市民病院まで」

答えると、

「東京の三鷹？」

と、運転手の声がいきなり裏返った。それまでの無愛想が嘘のように、「かしこまりました！」と、居酒屋の店員のようにやたらと威勢のいい声が上がる。

「高速、乗りますか？」

「お任せです」

「かしこまりました！」

このテンションと三鷹まで付き合うのは真っ平だ。

僕は、

「ちょっと、寝ますので――」

と告げると、ゆっくりと目を閉じた。

1幕

1

短い夢を見ていたような気がする。

いつもの夢。

怖くて、暗くて、悲しくて、……でも、懐かしい夢。早く終わりにしたいのに、もっともっと味わっていたいような、……そんな駄菓子のような夢。

かちっかちっかちっ。

ああ、さっきから煩《うるさ》い。

かちっかちっかちっ。

ああ、分かった、分かった。今、起きるから。すぐに起きるから。

亜樹《あき》は、時間をかけてゆっくりと瞼《まぶた》を開けた。

じんわりと広がるのは、無機質なグレージュ色の壁。もう何度も見ている壁なのに、今日のそれは、なにか暗示めいて見える。

視線をゆっくりと右側のほうに向けると、やはり無機質なドア。

斉川《さいかわ》亜樹は、そのドアが開くのをずっと待っている。もうどのぐらいになるだろうか。

視線をさらに移動させて、左側に寄せてみる。壁と同化したような壁時計。

かちっかちっかちっ。

二時五十七分を指している。

なんだ。まだ五分しか経っていないのか。

ふと、肩の力を抜いたところで、ドアの向こうになにか気配を感じた。

亜樹の肩に、再び力が入る。

「お待たせしました」

そう言いながら、勿体つけるように部屋に入ってきたのは、東洋テレビの北上史朗《きたがみしろう》プロデューサー。

「本日は、わざわざ弊社までお越しいただいて」

そして、腰を深く折った。

その様を見ながら、亜樹は、きゅっと唇を結んだ。

二年ぶりだ。……どんな表情をすればいいんだろう？　どんな体《てい》で接すればいいんだろう？

かつて不倫関係にあった男。が、今は赤の他人。いや、こうして顔を突き合わせているのだ、〝赤の〟ではないか。でも、他人であることには間違いない。事実、この男の愛人の座にはすでに、若い女が座っている。枕営業にやってきたタレントYをそのまま愛人にしたとも、仕事をやるから愛人になれと脅したとも聞くが。……どっちも同じか。

ふん。バカみたい。

そんなことを瞬時に考えてしまう自分が、少し嫌になる。

……もしかして、私、まだこの男に未練があるのかしら？　いや、そんなことはない。未練があるとしたら、この男のバックグラウンドと、その権力だ。なにしろこの男はキー局のプロデューサー……いわゆる〝局プロデューサー〟というやつで、彼の発言一つでひとつの番組が決まり、そしてひとつの番組が潰される。先日も、制作プロダクションの社長が首を吊った。ほぼ決定していたドラマが直前で反故《ほご》にされ、役者やスタッフに支払う違約金で、莫大な借金を抱えたのが原因だと聞く。なぜ反故にされたかといえば、この男が「好きじゃない」と一言、呟いたのが原因だそうだ。それまでは、「こういうドラマ、大好きだ」と、大乗り気だったとも聞く。

相変わらずだ。

この男の移り気で、いったい今まで何人が潰されてきたのか。

一人、二人、三人、四人……。指折り数えていると、北上が、いかにも仰々しい様子で椅子に腰を下ろした。そして言った。

「先生、ご活躍で」

先生?

嫌味か? とも思ったが、どうやらそうでもなさそうだ。彼が陣取ったその席は下座で、彼が自分に一応の敬意を払っているのがみてとれる。どんな客であろうと、必ず上座に座ることが習慣になっているこの男としては、最上級の〝敬意〟だ。

やはり、あの賞の威光は伊達ではない。

「おかげさまで、この二ヶ月間、忙しくしております」

亜樹が、アメリカのE賞にノミネートされたのは二ヶ月前のことだ。亜樹が手がけたネット配信ドラマがアメリカで当たり、シナリオ部門でノミネートされたのだ。言わずもがな、E賞はアメリカエンタメ界最高峰のひとつに数えられる賞だ。日本人のシナリオライターとしては初の快挙で、賞そのものは取り逃がしたものの、亜樹の名は一気に高みへと駆け上がった。

運命とは実に不思議だ。ネット配信ドラマのシナリオが決まったとき、「斉川亜樹も、いよいよ終わったな」などと陰口を叩かれたというのに。

「二十四歳でデビュー、デビュー作のドラマがいきなり大ヒット、二作目もヒット、それでいい気になって天狗になっちゃったんだろうな。大御所並みに我儘《わがまま》言いたい放題で、あっちこっちでトラブルを起こして、そしていよいよ、ネット配信ドラマ。落ちるところまで落ちたな」

ネット配信ドラマは今やテレビを凌ぐほど伸びてきているというのに、この国の業界ではまだまだバカにされているところがある。ネット配信ドラマ＝落ち目という烙印を押したがるのだ。

もっとも、押したがるのは一部の人間だけだが。既得権益にしがみついている、頭でっかちの腐ったエリートだけ。が、そういう人間ほど、〝権威〟に弱い。それが欧米の〝権威〟となれば、なおさらだ。

……この北上がその代表格だ。

E賞にノミネートされたという情報が入ったとき、まっさきに連絡を入れてきたのがこの男だった。

「あの本、ぜひうちでやらせてもらえませんか？」

〝あの本〟というのは、以前、この男に提案したことがあるシナリオだった。自信作だったが、あっけなく一蹴された。「今、こういうやつ、流行んないんだよね」と。そして原稿を突き返された。テーブルに乱暴に叩きつけられたその原稿はまるで綺麗で、一ページも捲ったあとがなかった。

ただ、表紙に印字されたタイトルの横に、コーヒーでもこぼしたのか小さなシミがあった。シナリオだけでなく、自分の人生そのものをも汚されたような気がして、その日、亜樹は目が潰れるほど泣いた。それ以来、あのシナリオは、心の奥深くに封印してある。

なのに、北上は、それをもう一度引っ張り出せというのだ。

読んでもないくせに。そのタイトルだってよく覚えてないくせに。……北上はしつこかった。あれから二ヶ月間、毎日のようにメールがやってきた。

「一度、会う機会を作ってほしい」

無視し続けた。が、

「では、こちらから、会いに行きます」

という文面が届いたときは、さすがに焦った。有言実行。この男の数少ない長所だ。行くと言ったら、必ず行く。

嘘でしょ。今さら、部屋に来られても。

亜樹は慌てて鍵を替えた。なぜなら、北上には合鍵を渡している。それを使って侵入されたら、冗談では済まない。

そして、昨日、いよいよこんなメールが届いた。

「今から、行ってもいいですか？」

北上の気配がじわじわと近づいてくる。もしかしたら、もうそこまで来ているかもしれない。……そう思ったら、居ても立ってもいられなくなった。

「明日の午後三時から一時間ぐらいなら空いています。こちらから局に伺います」

と、亜樹は不本意ながらメールを返したのだった。

ああ、やられた。まんまとあの男の術中にハマってしまった。あの男は昔から、こうやって人を動かすのが天才的に上手いのだ。

でも、今回はこれ以上、北上の思い通りにはさせない。

きっぱりと断らなくては。

「あなたとは、もう二度と仕事はしません」

と、完全に縁を切らなくては。そんな決意を抱き、亜樹は東洋テレビ第十三会議室にやってきた。

が、北上の視線は想像以上にねちっこく、力があった。

その視線をかわそうと身をよじったとき、北上が、やおら椅子から立ち上がった。

「この通り、お願いです。あの本、ぜひ、うちでやらせてください！」

北上は、挨拶もそこそこに、いきなり頭を下げた。

「あの本を、ぜひうちで――」

タイトルすらろくすっぽ覚えていないシナリオに、よくもここまで頭を下げることができるものだ。やっぱり、この男は出鱈目《でたらめ》な男なのだ。内容よりも、そのブランド。E賞にノミネートされた作家が書いたシナリオ……という外側のお飾りが欲しいだけの、俗人なのだ。そのお飾りのためなら、かつてボロクソに踏みにじって捨てた女にすら頭を下げる。

バカみたい。

そう軽蔑しながらも、一方で、これはこれで凄いことだ……と亜樹は感心してしまった。私だったら、絶対できない。こんな恥ずかしい真似は。

でも、この男はできるのだ。それがゆくゆく自身の名誉につながることならば、犬の糞にすら頭を下げることができるのだ。

亜樹は、男の頭頂部をぼんやり眺めた。

……あ、ハゲてる。

ツムジを中心に、カッパのようなハゲ。それに白髪がこんなに。前は、あんなにふさふさで黒々していたのに。それが自慢でもあったのに。でも、今は。そこだけ疲れ果てた老人のよう。まだ五十八歳だというのに。

……この男もこの男で、窮地に立たされているのかもしれない。噂で聞いたが、近々、テレビ局の子会社のそのまた子会社の倉庫に出向するかもしれないとか。いわゆる、島流しだ。

なんだろう。ちょっと、胸の奥がちくちくする。きっぱりと断るために、今日はここまで来たというのに。

男のハゲ頭が、なにか胸に痛い。

「ぜひ、うちで――」

男は、さらに頭を下げた。このまま放っておけば、土下座でもしだす勢いだ。すでに、その膝は折れ、今にも床につきそうだ。

「分かりました。お引き受けします」

亜樹は、いつのまにかそんなことを言っていた。言ったあと、自分でも驚いた。でも、止まらない。

「『三匹の子豚』は、北上さんにお預けします」

私、なんでこんなことを言っているんだろう？　違う、違う、私はそんなことを言いに、ここに来たんじゃない。

「できたら、〝朝ドラ〟の枠で使っていただけると、とっても嬉しいんだけど」

本当に、私、なにを言っているんだ？

「なんていう偶然！　実は、こちらも〝朝ドラ〟枠をご提案しようと思っていたんです！」

朝ドラ。いうまでもなく、平日の朝に半年間、毎日放送されるドラマのことだ。朝ドラといえば公共放送のそれが有名だが、東洋テレビも負けていない。平均視聴率十五パーセント、五十年と続いている長寿お化けコンテンツだ。この枠を狙って、企画やシナリオが山のように送られてくる。亜樹も挑戦しようと、北上に原稿を送ったことがある。それが、『三匹の子豚』だった。でも、あんな形で拒否されたのだ、今更それを〝朝ドラ〟に採用すると言われても——。

「本当に？　本当に〝朝ドラ〟で使ってくれる？」

なのに、亜樹は少女のように声を震わせながら言った。

「夢だったのよ！　〝朝ドラ〟は！」

まるで、なにかに憑依された感じだった。自分じゃないまったくの別の人格が、〝斉川亜樹〟という体を借りて喋っている。

誰？　誰が私の中にいるの？

亜樹は、自身の中にいる、その別人格に語りかけてみた。ゆっくりと振り返るそのシルエット。

母だった。

ああ、お母さん、やっぱり、お母さんなのね。

そうか。お母さん、東洋テレビの朝ドラ、大好きだったもんね。朝が苦手なくせして、私のためには早起きなんかしたことないくせして、朝ドラがはじまる八時には、必ず起きていた。そして、その十五分間、取り憑かれたようにテレビにかじりついていた。私が物心つく頃からの、朝の日常。私は自分で用意した朝ごはん……カップ麺をすすりながら学校の支度《したく》をし、一方母は、朝ドラを見ながら独り言のようにつぶやく。

「あたしの波乱万丈な人生は、絶対〝朝ドラ〟向きだと思うのよ。誰か、あたしの人生を〝朝ドラ〟にしてくれないかしら」

波乱万丈。これは母の口癖だった。だから、亜樹はいつでも言い返したのだった。

「お母さん程度の人生を送っている人なんて、掃いて捨てるほどいる」

そう。未婚で母親になり、水商売しながら子供を育てている女なんて、星の数ほどいる。……そんなありふれた〝波乱万丈〟が、朝ドラになんてなるはずない。

「そんなことはない。あたしほど、波乱万丈な女はいないわよ」

うっとりした表情でそうつぶやく母の顔が大嫌いだった。

「あたしほど、朝ドラに相応《ふさわ》しい女もいないわよ」

つくづく、恥ずかしかった。こんなバカバカしいことを本気で言っている母が。

でも、亜樹は薄々気がついていた。それが、ある種の〝暗示〟だったことを。物心ついた頃から「朝ドラ、朝ドラ」と吹き込まれ、そして「あたしほどそれに相応しい女はいない」と繰り返し聞かされて。そのせいで、気がつけばシナリオライターという職業に就いてしまった。しかも——。

「『三匹の子豚』は、斉川先生の母親をモチーフにした作品ですよね？」

北上が、にやつきながらそんなことを言う。その通りだ。

……え？　でも、なんで？　あのシナリオ、読んでないはずなのに。

「だって、斉川先生、よく言っていたじゃないですか。……お母さんのこと。お母さんのことをいつかドラマにしてみたいって」

私、そんなこと言ってた？

そう、言っていたのだ。今みたいに、私の中に棲みつく母がそれを言わせたのだ。

亜樹は、頭を抱えた。

いやだいやだ。

私は、今でも母の呪縛の中にいる。

いや、違う。正確には、祖母の呪縛だ。

2

あれから二年。北上は六十歳になり、亜樹は三十九歳になっていた。

二〇一八年三月九日、午後二時。

東洋テレビ、貴賓室。

亜樹は、新聞社の取材に応じていた。

隣を陣取るのは、北上史朗。

今は、東洋テレビの子会社、『東洋メディアクリエイティブ』の取締役らしい。先ほど名刺を見せながら、「東洋テレビは定年退職したんだよ。で、今の子会社に拾って貰った」と言いながらも、その顔はどこか誇らしげだ。島流しではなく、いわゆる天下りなのだろう。その証拠に、東洋メディアクリエイティブは、東洋テレビのドラマのほとんどを担っている、ドラマ制作会社の大手だ。いうまでもなく、朝ドラも東洋メディアクリエイティブが作っている。つまり、東洋テレビを陰で支えている存在で、そこの取締役ということは、東洋テレビの社員としてはなかなかの〝上がり〟というわけだ。いわゆる、勝ち組。

「なんだか、東洋テレビにいるときより、忙しくて参るよ」

そんなことを言いながらも、やはり顔は輝いている。

植毛でもしたのか、髪のボリュームが昔に戻っている。

「このたびは、『三匹の子豚』の大ヒット、おめでとうございます」

白髪交じりの髪をひっつめにした四十半ばの女性記者が、開口一番、言った。

「いやいや、たいしたことではないよ」

北上が、我が物顔でそんなことを言う。二年前は、死神に取り憑かれたような青白い顔をしていたのに、今では油を塗ったかのようにテカテカにてかっている。

二ヶ月前からスタートした『三匹の子豚』は、記者が言う通り大ヒットしていた。平均視聴率二十パーセント超え。先週は公共放送の朝ドラを上回ったと、ネットニュースのトップを飾った。

記者は、まるで就職の面接を受ける学生のように、にこりともせずに続けた。

「『三匹の子豚』、本当に面白いです。私も欠かさず見ています。貧しい家庭に育った女性が、苦難を乗り越えて成功を摑《つか》む。……公共放送の傑作朝ドラ『おしん』に匹敵する展開で、一日も目が離せません。このドラマがはじまってから、学校や会社の遅刻が多くなったそうです。私も実は、何度か遅刻してしまいました」

ここで、ようやく記者が少しだけ笑った。そして、ボイスレコーダーをテーブルに

置くと、

「では、早速、『三匹の子豚』はどのようにして生まれたのか、その経緯をお聞かせください」

「ああ、それはだね――」

北上が相変わらずの得意顔で答えようとしたが、記者はそれをやんわりとかわすと、ボイスレコーダーをあからさまに亜樹の方に寄せた。

北上が、バツが悪そうに鼻の頭をかく。

いい気味だ。

亜樹はどこかせいせいした気分で姿勢を正すと、言った。

「きっかけは、四年ほど前のことです。朝ドラ用のシノプシスを北上プロデューサーにお渡ししたんです」

「四年前？　ということは、そのときはお蔵入りに？」

いきなり言い当てられてドギマギしたのか、「いや、お蔵入りではない」と、北上が言葉を挟む。「タイミングをはかっていたんだ、タイミングを」

「タイミング？　どんな？　たとえば、斉川先生がE賞にノミネートされるタイミング？」

ズバズバと言い当てられて、北上がしどろもどろに言葉を濁す。

「E賞は関係ないよ。あれがなくても、いつかドラマ化しようと思っていたからね」

「でも、E賞の影響は大きいんじゃないですか？　その証拠に、あのノミネートがあるまでは、斉川先生のお名前を、地上波テレビで拝見する機会はめっきり減っていた。……つまり、干されていましたよね？」

「……まあ、それは――」

記者の鋭い斬り込みに、さすがの北上もいよいよ口を閉ざした。そして、「二人で勝手にどうぞ」と言わんばかりに、椅子ごと体を後退させると、スマートフォンを取り出し、それをいじりだした。

さあ、これで邪魔者はいない。ゆっくり話を聞かせてください……とばかりに、記者が身を乗り出してきた。

亜樹は、テーブルの端に置いた名刺を改めて見た。

『新報新聞　文化部記者　平野《ひらの》克子《かつこ》』

新報新聞といえば、老舗《しにせ》新聞社だ。最近は部数を減らしているとも聞くが、それでも発行部数五百万部を超える大手だ。その社風は「質実剛健、硬派」で、記者の平野克子もまた、絵に描いたような「硬派」だった。……ありていに言えば、野暮ったかった。ファンデーションはうっすら塗っているようだが、ほとんどすっぴんだ。その唇は、冷たいプールから上がったばかりの小学生のように、青い。が、その眼鏡だけは妙に派手で、ピンク色のフレームがなにかの冗談のようだ。

「では、話を戻しましょう。……『三匹の子豚』の構想はいつから？」

ピンク色のフレームが、きらりと光る。そして、大学ノートをぱらりと捲ると、続けてペン入れから鉛筆を一本取り出した。

それは、手の中にすっぽり隠れてしまうほど短い鉛筆だった。たぶん、電動の鉛筆削りでは削れない短さだ。

亜樹の中に、誰かのシルエットが浮かんできた。……誰？　覗《のぞ》きこんでみると、それは、電動の鉛筆削りがどうしても欲しかった、小学生時代の自分の顔だ。

「……斉川先生？　どうしました？」

「え？　あ、すいません。質問をもう一度、いいですか？」

「『三匹の子豚』の構想はいつから？」

平野記者は、耳が遠い年寄りにするように、声を張り上げた。

亜樹は、改めて姿勢を正すと、言った。

「具体的にいつから……とは言えないんです。埋火《うずみび》のようにずっと頭の中にありましたから」

「なるほど」平野記者が、鉛筆の先をノートに押し付けた。「『三匹の子豚』は、お母様の半生を描いたものだと伺いましたが——」

「いえ、母の人生そのものを描いたものではありません。母がよくしてくれた話をモチーフにしているだけで――」あれ？　どうしたんだろう？　喉《のど》の調子がおかしい。

「お母様はどのようなお話を？」

「母が、……母が母親に聞かされた話で――」だめだ、声がどんどん掠れていく。

「斉川先生にとっては、お祖母様？」

「はい、そうです。もっとも、私は会ったことはありませんが――」

「亡くなられた？」

「……そう聞いています。私が生まれる前には、もう他界したと」

「なるほど。他界されているんですね」

平野記者の鉛筆の動きが、さらに加速する。「もっとスムーズに話せ」と言われているようで、その焦りで亜樹の喉はますますざらついていく。

うんっうんっと、咳《せき》払いをしてみるが、すればするほど、喉の粘膜が擦れて痛い。なのに、

「で、お祖母様は、お母様にどんな話を？」

と、平野記者は容赦ない。

「あ……。どこから話したらいいか」

亜樹はとうとう言葉を詰まらせた。えずくように喉を鳴らしていると、

「斉川先生のお母さんには、二人の妹さんがいたそうだよ」

と、珍しく、北上が助け舟をだしてくれた。が、平野記者は北上には一切目もくれず、

「三姉妹ですか？　つまり、お母様は三姉妹の長女ということですか？」

と、亜樹にさらなる質問をぶつけてきた。

「はい。母は長女で――」

また言葉に詰まっていると、

「斉川先生のお祖母さんは、三姉妹たちによく言っていたらしいよ。『三人の中で、誰が一番成功するかしらね？　だれが、一番立派な〝煉瓦の家〟を作るかしらね？』って」

北上が、またもや助けてくれた。

が、平野記者は相変わらず北上には視線を向けず、

「煉瓦の家とは、……あの？」

と、執拗に亜樹に答えを求める。

亜樹は、テーブルに載せられていたコーヒーに手を伸ばした。コーヒーはあまり好きじゃないが、もう耐えられない。砂漠で遭難した旅人が泥水を乞《こ》うように、それに手を伸ばした。

そして、半分まで飲んだところで、大きく息を吐き出した。

　コーヒーは不味《まず》かったが、とりあえず、喉は潤った。貼り付いたようになっていた粘膜に、少し隙間ができる。亜樹は、うんっうんっともう一度咳払いをすると、ゆっくりと言葉を吐き出した。

「はい。おとぎ話の『三匹の子豚』に出てくる、煉瓦の家です」

　掠れは残ってはいるが、なんとかなる。亜樹は、残りのコーヒーを飲み干した。

「ああ、それで、『三匹の子豚』というタイトルなんですね」

「はい。おとぎ話からとりました」喉は完全に調子を取り戻したようだ。亜樹は続けた。「祖母からの呪縛もあり、母は、〝煉瓦の家〟を作ろうと若い頃は必死だったそうです」

「あれ？　……ちょっと待ってください――」

　今度は平野記者が言葉を濁らせた。「あれ？　あれ？」と言いながらスマートフォンを取り出すと、

「『三匹の子豚』というおとぎ話では、煉瓦の家を作るのは、末っ子でしたよね？」

　と、険しい顔でスマートフォンに指を滑らせていく。

「……そうそう、一番上の子豚は〝藁《わら》の家〟、二番目の子豚は〝木の家〟を作ったのでは？　どちらとも狼に壊されて、子豚たちは食べられてしまいます。……斉川先生

のお母様は、長女だから——」

「はい。本来は〝藁の家〟です、おとぎ話でいけば。でも母は、はじめは〝煉瓦の家〟を目指していたんです」

「で、どうなりました？」

「〝煉瓦の家〟を目指していた母ですが、あるとき気が付いたそうです。『日本では、煉瓦の家は一番もろい。だって、地震がきたらあっというまに壊れちゃう』って」

「確かに、そうですね」平野記者の顔が、ふと緩《ゆる》む。

「母は、こうも言ってました。『だから、私は〝煉瓦の家〟だけは作らない』と」

「え？　それってどういう意味ですか？」

平野記者の顔が、またもや険しくなる。「ちなみに、お母様にとって、〝煉瓦の家〟ってなんなんでしょう？」

「たぶん。……〝結婚〟なんじゃないでしょうか？」

「は？」平野記者の顔が、ますます険しくなる。その眉間には、みっつのシワ。「結婚が、〝煉瓦の家〟？」

「はい。稼ぎのいい旦那に嫁いで、専業主婦になって、一軒家を買って、子供を育てて。……そういう安定した〝結婚〟のことです」

「なるほど」

平野記者の眉間から、シワが一瞬消える。が、すぐに、さらに深いシワが刻まれた。

「確かに一昔前なら、そういう安定した〝結婚〟こそが、ある種、幸福のバロメーターでした。ですが、今は違います。結婚そのものが、〝破綻〟の原因になることもある」

「はい、そうです。母もいつも言っていました。『これからの時代、〝結婚〟は女にとって足枷《あしかせ》にしかならない』って」

「ドラマでも、そういうセリフがありましたよね。……えっと。家出したヒロインに一夜の宿を提供した、スナックのママのセリフでしたっけ」

「はい、そうです。

――保証人もいない家出娘には、世間の風はブリザードよりも冷たいよ。覚悟しな。あんたのこれからの人生、〝茨《いばら》の道〟では済まない。灼熱《しゃくねつ》と極寒が交互にやってくるような、果てしない砂漠だと思いな。どんなに叫んでも泣いても、誰も助けてはくれない。オアシスに遭遇することもあるだろうけど、それすら〝罠〟だからね

――」

「――オアシスは、いろんな顔をして、あんたを待ち伏せしている。儲け話だったり、優しい口説き文句だったり。特に、〝結婚〟をチラつかせる男には気をつけな。

〝結婚〟は、地獄の入り口だからね……ですね」

「そうです、そうです。すごい、完璧ですね」

「だって、録画して、繰り返し見てますから。最低でも、三回はリピートしてますもの、毎日」

「ありがとうございます」

「『三匹の子豚』は、〝女の幸せ〟の定義を百八十度ひっくり返しました。そこに人気の秘密があると思うんです。まさに新しい〝女の道〟を示した、新時代のドラマです」

「でも、その分、アンチも多いですけどね。ネットの掲示板とか見ていると、悪口のほうがむしろ多いで――」また、言葉が掠れてきた。

それをフォローするように、平野記者が矢継ぎ早に言葉を被《かぶ》せてきた。

「世の中を変えるような力のある作品は、いつの時代にも批難されるものです。その証拠に、アンチの人のほうが、真剣にドラマを見ている」

「そうですね。そういった人のほうが、録画してまで見ている感じですね」

平野記者が、ここでようやく北上に視線を向けた。その視線に応えるように、北上が拳を作りながら、続けた。

「そうです。おっしゃる通りです。アンチの熱心さは、ファンのそれの数倍熱い……

とも言われています」

「なるほど」

平野記者のピンク色の眼鏡フレームがまたもや鈍く光った。

亜樹は、今更ながら、彼女の左薬指に結婚指輪をみつけた。そんな亜樹の視線を意識してか、平野記者が結婚指輪に触れながら言った。

「〝結婚〟は〝煉瓦の家〟で、一見安定して頑丈そうに見えても、なにかの拍子にあっという間に崩れてしまうということですね。……そういえば、先日も、こんな話を聞きました。〝中流貧困〟の記事を書いているライターさんから伺った話なんですが。……生活保護を受けたくても、〝家〟が邪魔して、受けられない人が増えているって話です」

「家が邪魔するって？」

亜樹は、思わず身を乗り出した。

「生活保護を受けるには、持ち家があっては難しいんです。資産に数えられますからね」

「……ああ、そうなんですか」

「でも、家族と暮らした愛着のある家を手放すことができない。それで、生活保護を受けられず、餓死したケースもあるんだとか」

「餓死……」

「まさに、〝煉瓦の家〟を建てたばかりに、破綻してしまったケースです。狼に食べられることは避けられたけれど、結局は煉瓦に押しつぶされて死んでしまうケース」

「………」

「斉川先生のお母様がおっしゃる通り、今の時代、〝煉瓦の家〟に押しつぶされてしまうこともあるんでしょうね」

「その通りだと思います。だから、母は〝煉瓦の家〟はやめて、〝藁の家〟を作ろうとしたんです」

「おとぎ話の通りですね。でも、なぜ、〝藁の家〟を？」

「身軽……ってことじゃないでしょうか。家が壊れたら、また他の場所に新しい家を作る。まさに、移り気で新しもの好きな母の発想です」

「つまり、〝独身〟ということでしょうか？」

「そうなりますね」

「立ち入ったことをお伺いしますが、……お母様は一度も結婚は？」

「はい。していません。十九歳のときに未婚で私を身ごもり、そして出産しました」

「……父親は？」

「知りません。……ああ、ただ、相手は、ひとつ年上の大学生だったと聞いたことがあります。母の客だったんだそうです」

「客？　お母様はなにを？」

「今でいう、ソープ嬢です」

「……ああ、なるほど」

北上が、もうそのぐらいでいいじゃないか……というようなことを、ジェスチャーで表した。朝ドラのシナリオライターがソープ嬢の娘というのは、都合が悪いらしい。

「他に、父親についてご存じのことは？」

「私が知っているのは、それだけです」

「もっと知りたいと思ったことは？」

「ありません。もっとも、今となっては、知る由《よし》もありませんが。……母は他界しましたので」

「え？」ここで、平野記者の手が止まった。「亡くなられたんですか？」

「はい。もう、随分、昔のことです」

「そうなんですか、亡くなられたんですか……意外です」

「え？　なんで？」

「てっきり、お母様はご存命かと。ドラマ『三匹の子豚』のヒロインのように、自分のお店を持たれて、成功をつかみ、今も元気に生きていらっしゃるのかと」

「ですから、何度も言うように、あのドラマと母は直接関係ありません。まったくの創作です。事実、母は、お店を持つことはなかったし、成功することもありませんでした。なにも手に入れることなく、ひっそりと死んでいきました」

北上が「あ」と、腰を浮かせた。が、亜樹は止まらなかった。

「……死ぬ前の母は、〝藁の家〟を選んだことを後悔していました。『藁の家は、結局残らない』って。そして、『やっぱり、お母さんの言う通り、煉瓦の家を作っておけばよかった』って。そう悔しそうに、何度も繰り返していました。そして、死んだ。まさに、非業の最期ってやつです」

「ちょっと待ってください。では、ドラマ『三匹の子豚』でも、ヒロインは非業の最期を遂げるんですか？」

「ですから。あれは創作ですから！」

声が、つい、大きくなる。そんな自分を制しようと息を飲み込んだが、逆効果だった。亜樹の声はますます大きくなる。

「ドラマと母はまったく関係ありませんから！」

北上が、慌てて言葉を挟んだ。

「もうそろそろ時間だ。ここで終わりにしよう」

3

北上の機転で、余計なことを喋らずに済んだが。

家に戻っても、亜樹の気分は落ち込んでいた。

夕飯の材料が詰まったレジ袋をキッチンカウンターに置くと、亜樹はスツールにゆっくりと腰を落とした。

なんで、お母さんのことまで喋ってしまったのだろう?

そうだ。

「『三匹の子豚』は、お母様の半生を描いたものだと伺いましたが——」

なんて、あの記者が質問してくるから。

なんだって、彼女は当たり前のようにそんなことを訊いてきたのか。

そうか。北上か。北上が、

「『三匹の子豚』にはモデルがいる。それは、斉川亜樹の母親だ」

と、吹聴して回っているのだろう。

「実話」とか「モデルがいる」とか、そういう設定に大衆は弱い。ただの〝創作〟より、食いつきがいいのだ。それが朝ドラとなれば、なおさらだ。過去の作品を見ても、実在の人物をモデルにしたドラマは群を抜いて視聴率がいい。だからって。

亜樹は、頭を抱え込んだ。

――あの記者はきっと、ドラマとお母さんを結びつけて記事にするだろう。まるで、お母さんがモデルだとばかりに。

違う、違う。ドラマとお母さんはまったく関係ない。そもそも、あの人をモデルにしたら、朝ドラになんかできない。

あんな悲惨な人生。

そう、お母さんの人生は、悲惨そのものだった。自分でも悔やんでいた。「やり直せるものならば、やり直したい。そしたら、今度こそ、〝煉瓦の家〟を作る」そんなことを言っていた数日後のことだった。お母さんは睡眠薬を飲んで、川に身を投げた。表面上では自殺ということになっているが、違う。誰かに殺されたのだ。お母さんを恨む人はたくさんいた。お母さんの客の彼女だったり妻だったり。その一人に殺されたのだ。……そう、その人は、たぶん、私の父親の関係者だ。電話がかかってきたことがある。「あなたのお父さんのこと、知りたくない？」。そんな電話がかかってきたあとに、お母さんは死んだ。電話をかけてきた女に殺されたんだ。間違いない。……そんなヒロイン、いる？　朝ドラのヒロインはいつでも前向きで爽やかで、その最期も清々しいものでなくてはならない。まさに陽の当たる一生。お母さんの人生とは対極だ。

「あああ」

亜樹は、また頭を抱え込んだ。

というのも、ここのところ筆が進んでいない。今月末までに、最終話まで書き上げなくてはならないというのに。書こうとすると、母の顔が浮かんできて、邪魔をするのだ。

——あたしの人生、ちゃんとドラマにしてね。

そんな声まで聞こえてきて。

「あああ」

もう一度頭を抱えようとしたとき、玄関から物音がしてきた。

「あ」

時計を見ると、午後四時四十分。

「いけない、夕飯、作りはじめないと」

と、キッチンカウンターに置きっぱなしのレジ袋に視線をやったとき、

「ただいま!」

と、背後から明るい声がした。

娘の百香《もか》だ。十一歳の小学五年生。

「ああ、お腹空いた！　ママ、ご飯は？」

ランドセルもそのままに、百香が子犬のように抱きついてくる。

「ちょっと待ってなさい。今から作るから」

「我慢できない！」

「じゃ、おやつ、食べる？　お饅頭《まんじゅう》買ってきたから」

と、レジ袋を開けたとたん、百香の小さな手が伸びてきた。そして、あっというまにお饅頭を摑み取ると、

「おいしそう！」

と、ビニールの包みごと、口にもっていく。

「もう、百香ちゃんたら！　手も洗わないで」

食べ盛りとはいえ、百香の食欲はちょっと並外れている。先日もお医者さんから肥満を注意されたところだ。

でも、こんなに幸せそうに食べている姿を見ていたら、少々の肥満なんてどうってことないって思える。

……そうよ。思春期になれば、自然と瘦《や》せていくものだ。私がそうだった。だから、今は、あまり我慢をさせたくない。我慢させて、心が捩《ねじ》れるほうがよっぽど心配

だもの。

「おはぎも買ってきたんだけど、食べる?」

「うん!」

ほら、こんなに素敵な笑顔。標準より体重は多いかもしれないけれど、こんなに可愛いんだから、いいじゃないか。

そう、百香は可愛い。年頃になればきっと美人になるだろう。スタイルだって悪くない。今はぽっちゃりしているからよく分からないが、手足は長く、顔だって小さいほうだ。このままいけば、見事なモデル体型になるだろう。容姿だけじゃない。百香は性格もいい。素直だし明るいし、他者を気遣える優しさもあるし、なにより機転がきく。

「ママ、喉渇いた!」

おはぎを頬張りながら、百香がにこりと笑う。

……ああ、もう、本当に可愛い。

「じゃ、今、ホットミルクを作ってあげるね」

「うん! お砂糖、いっぱい入れてね!」

「だめよ、お砂糖は控えめにしないと」

「えー」

「その代わり、はちみつを入れてあげるから」

「うん！　いっぱいね！　いっぱい入れてね」

「もう、百香ちゃんたら……」

他者が見たら、「そんなに甘やかして」と眉をひそめるかもしれない。でも、甘やかしてどこがいけないの？　私は、一切、甘やかされてこなかった。それがどれほどの心の傷になっているか。あんな思いは、自分の子供にはさせたくない。私は、この子には、私が味わえなかった幸せな子供時代を送ってもらいたいのだ。好きなだけ食べて、好きなだけ遊んで、好きなだけ笑って。……そんな子供時代を。

「ね、ママ。それ、なーに？」

おはぎを平らげた百香が、思い出したようにテーブルの上の封書を指差した。

「ああ、これ」

先ほど、郵便受けからピックアップしてきたものだ。

いつもの、ダイレクトメールだろう……と、今まさに捨てようとしていたところだが、その封書に書かれた差出人を見て、ふと、思考が止まった。

「武蔵野《むさしの》市……市役所？」

亜樹が住んでいるのは、世田谷《せたがや》区のマンションだ。言うまでもなく、武蔵野市とは無縁だ。かつて住んだこともない。もっといえば、行ったことすらない。……いや、吉祥寺《きちじょうじ》なら二、三回行ったことがあるが。吉祥寺って、武蔵野市？　それとも三鷹市？　などと取り留めのない思考が次から次へと押し寄せてくる。

亜樹は、自分の指が微かに震えていることに気がついた。

「ママ？」

百香も心配そうに、顔を覗き込む。

「ママ、どうしたの？」

「ううん、なんでもない。……ちょっと、いやなことを思い出して」

そう。亜樹にとってこの手の封書は、悪い記憶そのものだ。母は国民健康保険税も住民税も滞納していて、しょっちゅう、役所から督促《とくそく》状が届いていた。そのたんびに、夜逃げするように引っ越し。……だから、今でも、役所から封書が届くと、鼓動がばくばくと速くなり、指も小刻みに震えてくる。

「なにか、いやなお知らせ？」

百香が、さらに顔を覗き込んできた。

「ううん。そうじゃないの。きっと、なにかの間違いよ」

が、その宛名は、間違いなく自分の名前だ。

「いったい、なに？」

亜樹の鼓動がさらに速くなる。亜樹は指の震えを抑えつつ、ゆっくりと封を切っていった。

中身を引き抜くと、ワープロで作成されたＡ４の文書が二枚。

一枚目には、

『生活保護法による保護決定に伴う扶養義務について』

とある。

続けて、

『あなたの叔母にあたる赤松三代子《あかまつみよこ》さん（東京都武蔵野市緑町《みどり》六丁目一番）は生活保護を申請していますが、生活保護法では民法に定められた扶養義務者による扶養は生活保護に優先して行われるものとされています。ついては、保護の決定実施上必要がありますので、あなたが赤松三代子さんを扶養できるかどうか、同封した書類にてご回答をお願いします。』

それをすべて読み終えても、理解することはできなかった。

「は？　なに？　なに？　どういうこと？」

まずは、赤松三代子って誰？　叔母って？

なんなの？　どういうこと？　どういうことなのか、誰か説明して。分かるように説明して！

……文書の最後のほうに、電話番号がある。電話。そうだ、ここに電話してみよう。

　と、固定電話の受話器をとろうとしたとき、

「ママ、どうしたの？」

　と、百香の声。その声で、はっと我に返る。

「ママ、なんか変だよ、大丈夫？」

「うんうん、大丈夫」

「お手紙に、なんて書いてあったの？」

「よく分からないの。だから、今、ここに書かれている番号に電話してみようと――」

「ダメだよ！」

「え？」

「もしかしたら、詐欺かもしれないじゃん！」

「詐欺？」

「そうだよ。うっかり電話したら、なにか事件に巻き込まれるかもよ？」

「ああ、なるほど」

　そうか。これは新手の振り込め詐欺なのかもしれない。

「ママ、しっかりして！」

「うん、ごめんごめん、ちょっと動転しちゃった」

「そんなことより、お腹空いた！　今日の夕飯、なに？」

「焼肉に唐揚げに——」

「ポテトサラダは？　ポテトサラダも食べたい！　ママのポテトサラダ、最高なんだもん！」

「分かった、分かった。ポテトサラダも作るね」

「やったー！」

「だから、手を洗ってらっしゃい。そして部屋着に着替えて——」

しかし、亜樹の意識は、いまだ『生活保護法による保護決定に伴う扶養義務について』と印字された文書の上にあった。

そして、『赤松三代子』という名前を、視線で何度もなぞる。

赤松三代子、赤松三代子、……三代子、ミヨコ、みっちゃん。

「みっちゃん……？」

亜樹の記憶に、誰かが囁いた。それに耳を傾けてみる。

——あのみっちゃんが、結婚なんてね！

それは、母の声だった。ある夜、酔っ払った母が、繰り返しぼやいていた。

——一番器量が悪くて、不器用で、ぼんやりしたあの子が結婚なんてね！　でも、よかったわよ。あの子には〝結婚〟が似合う。というか、〝結婚〟しか道がない。だって、あの子、なんにもできないんだもの。一人でなんて生きていけない。だから、結婚して正解だったのよ！

そう言いながら、その言葉の端々に、どこか悔しさが感じられた。だから、亜樹は言ってみた。悪意を込めて。

――なら、お母さんも結婚したほうがいいよ。だって、お母さん、仕事できないじゃん。いっつも中途半端じゃん。だから、こんなに貧乏なんじゃん。

痛っ。

頬に、あのときのビンタの痛みが蘇《よみがえ》る。亜樹は、反射的に両手で左頬を覆った。ビンタには慣れていたが、あのときのビンタは格別に痛かった。痛すぎて、夜も眠れないほどだった。眠れなかったのは母も同じだったようで、「痛い痛い」と呻きながら寝る亜樹の頭に、「うるさいんだよ！　寝ろよ！」と繰り返しげんこつを落としてきた。

痛い、痛い、痛い、やめて！

そう喉の奥で叫ぶが、声にはならない。声になる前にげんこつが降ってきて、激痛で声も吹っ飛ばされた。そして、意識も飛ぶ。……翌朝、目覚めたとき、枕は血で真っ赤に濡れていた。歯が折れたようだった。左耳からも出血している。……そのときの後遺症で、今でも、左耳が聞こえにくい。

亜樹は、左頬に当てた手をゆっくりと左耳にスライドすると、あのときの母の言葉をもう一度リピートしてみる。

――あのみっちゃんが、結婚なんてね！　のろまな末っ子が、結婚なんてね！

「みっちゃん」「のろまな末っ子」

そうだ、母は確かに、そう言っていた。

亜樹は、今一度、『赤松三代子』という文字に視線を向けた。

「もしかして、この人、末っ子のみっちゃん？」

――だとしても、〝扶養義務〟ってなに？　私が扶養しなくちゃいけないってこと？　嘘でしょう？　ね、誰か教えてよ、詳しく教えてよ！

動転する亜樹の頭に、ピンク色の眼鏡フレームが浮かんできた。

＋

「今日は、ありがとうございました」

亜樹が手にしているのは、『新報新聞　文化部記者　平野克子』と印字された名刺。つい先ほど取材を受けた相手だ。

「あ、いいえ、こ、こちらこそ……は？」

　平野記者が、しどろもどろで答える。なんで電話をもらったのかよく分からないという感じだった。「……なにか、ありましたでしょうか？　な、……なにか、問題でも？」

「いいえ。ちょっとお訊きしたいことがありまして」

「はい、なんでしょう？」

「先ほどの取材で、〝生活保護〟の話が出てきましたが、〝生活保護〟には詳しいんですか？」

「は？　……はい。……いや。……専門ではないのでそれほど詳しくはないですが、以前、他の部署にいたとき何度か記事にしたことはあります」

「なら、教えてください。『生活保護法による保護決定に伴う扶養義務について』というのは、どういうことでしょうか？」

「ああ、それは。……生活保護を申請すると、扶養照会が行われるんです。扶養義務のある親族に援助が可能かどうか照会するんです」

「扶養義務のある親族というのは？」

「配偶者、直系血族、兄弟姉妹ですね。これらは〝絶対的扶養義務者〟といわれ、互いに扶養義務があります。なので、生活保護を申請すると、絶対的扶養義務者には扶養照会の連絡がいきます」

「……それでは、叔母は？」

「は？」

「たとえば、母親の妹、つまり叔母が生活保護を申請したら、どうなりますか？　姪《めい》や甥《おい》にも扶養義務はあるんでしょうか？」

「叔母さんならば三親等にあたりますから、その姪や甥は、〝相対的扶養義務者〟になります。なので、絶対に扶養しなければいけない義務はないんですが、……時と場合によっては、扶養照会されることもあるかもしれません」

「時と場合とは？」

「例えば、姪や甥が社会的に成功していて経済力があると判断された場合とか」

「……経済力？」

「はい。扶養できるだけの経済力があると判断されれば――」

「……なるほど」

「それにしても、なぜ、こんなことを訊かれるんですか？」

「いえ。……シナリオのネタにならないかな……と思いまして」

「『三匹の子豚』ですか？」

「いえ、それとはまったく関係ありません」

「そうですか。……そうそう、今、取材のときのボイスレコーダーを聞いていたんですが、私のほうからもひとつ、質問よろしいですか？」

「なんでしょう？」

「斉川先生のお母様は、三姉妹の長女だとおっしゃってましたが――」

「はい」

「では、他の二人の妹さんは、今どうしているのか。それが気になりまして」

「……知らないんです」

「え？」

「母が言うには、生き別れになっていると」

「生き別れ？」

「母が小さいときに、ばらばらになったんだそうです。だから、……知らないんです」

「では、生死も分からない？」

「はい」

「……あ、もしかして、先ほどおっしゃってた〝叔母〟さんというのは――」

平野記者のピンク色の眼鏡フレームが、ふと、視界を過《よぎ》ったような気がした。亜樹は、受話器を握りしめると、

「あ。忙しいところ、ありがとうございました。では、失礼します」

と、一方的に電話を切ろうとした。

が、

「下手に、断らないほうがいいですよ。よくお考えになって」

という声がしたので、今一度、受話器を耳に押し当てた。

「は？　どういうことですか？」

「生活保護に対して、国民の目は年々厳しくなっています。先生ほどの有名人が扶養義務を果たさなかった……なんてことになったら、先生のお名前に傷がつきます。……前にもいたじゃないですか。父親を扶養せずに、生活保護を受けさせていた芸能人が」

「あ……」

「あのときのバッシング、覚えてらっしゃいますか？」

「ええ」

「あの芸能人はそれをきっかけに人気急降下。今では、ほとんどテレビで見ることはなくなりました。……だから、先生も」

「いいえ、違うんです。さっきも言いましたが、……私は、ただ、シナリオのネタにしたいだけで」

「そうですか。それならいいんですが。でも――」

平野記者はまだなにか言いたげだったが、

「お忙しいところ、ありがとうございました」

と、亜樹は今度こそ、受話器を置いた。

4

そんな亜樹が三鷹駅に降り立ったのは、その十三日後、三月二十二日の十二時五十七分のことだった。

本来ならば、こんなところまで足を運ぶ暇などなかった。朝ドラのシナリオに集中しなくてはならなかったが、それでも亜樹がここまで来たのは、とある電話が理由だった。

固定電話が鳴ったのは、二日前。

「斉川亜樹さんですか？」

訊かれたので、

「はい」

と応えると、

「赤松三代子さんのことでお話があるのですが」

電話の相手はいきなりそんなことを言った。

亜樹は身構えた。市役所から届いた照会をそのまま放置し、なんの回答もしていなかったからだ。

「あ、すみません。返事を出そうとしていたところなんです」

亜樹は、咄嗟《とっさ》に取り繕《つくろ》った。我ながら、陳腐な言い訳だと、顔が赤くなる。

「返事？ なんのことでしょう？」

「え？ ……市役所の人では？」

「いえ、違います。私は、『NPO法人　ありがとうの里』のキクムラアイコという者です」

「キクムラアイコ？」

「はい。菊の花の〝菊〟に〝村〟、そして藍染めの〝藍〟に〝子〟と書いて菊村藍子です」

亜樹は、いつのまにかペンを握りしめていた。そして、近くにあったメモ用紙に、「菊村藍子　NPO法人　ありがとうの里」と書き殴る。

「……あの、なんのご用で？」

恐る恐る訊くと、

「ですから赤松三代子さんのことでお話があるのです。……あなた、赤松三代子さんはご存じで――」

「いえ、知りません」

亜樹は、相手の言葉にかぶせるように言った。嘘ではない。本当に知らないのだ、そんな人は。会ったこともなければ、その存在だって知らなかった。母から〝みっちゃん〟のことはそれとなく聞いてはいたが、それが〝赤松三代子〟かどうかは、分からない。

「知らない？　でも、先ほど、市役所がどうとか。……市役所から、照会の通知が届いたんじゃないんですか？」

「ああ、そうなんですが」受話器を握りしめる手が、汗ばむ。「でも、それは、なにかの間違いだと思うんです」

「間違い？」

「はい。だって、本当に知らないんです」

「でも、あなた、斉川亜樹さんですよね？」

「はい。斉川亜樹は私です」

「お母様のお名前は、〝斉川一美《ひとみ》〟さんで間違いないですか？」

「はい。……斉川一美は私の母です」

「ならば、あなたは、赤松三代子さんの姪っ子さんにあたります。……赤松三代子さんは、あなたのお母様の末の妹さんですから」

「あ、でも。……私、本当に、全然知らなくて」

「あなたがご存じなくても、これは真実です。赤松三代子さんは、あなたの叔母さんにあたります」

「は……」

そんなことを言われたって。

菊村と名乗る女性の、いかにも高圧的な物言いに、亜樹のイライラが頂点に達する。

「それで、その赤松なんとかって人が、どうしたって言うんですか?」

亜樹も、高圧的に言葉を返した。

「繰り返しますが、私はそんな人、今までまったく知りませんでした。私にとっては、赤の他人同様です。そんな人を扶養しろだと? はっ、冗談じゃありません。私には扶養義務はないと思います!」

ここまで言ったとき、ふと、いつかの平野記者の言葉が頭の中でリピートされる。

——先生ほどの有名人が扶養義務を果たさなかった……なんてことになったら、先生のお名前に傷がつきます。

彼女が言う通り、ここで下手な対応をしたら、なにか泥をかぶる恐れもある。亜樹は受話器を持ち直すと、声のトーンを少し落とした。

「……分かりました。詳しくお話をお聞かせください。……私、本当になにも知らなくて。叔母の存在だって、今の今までまったく知らなくて。……とにかく、話を聞かせてください。話を——」

懇願するように言うと、

「では、一度、直接お会いできますでしょうか？　できたら、ご足労願いたいのですが」

会う？　……直接会う？　しかも、こちらから出向く？　なんだか、段々面倒なことになってきた。でも、ここで渋るのは得策ではないだろう。ここは素直に従ったほうがいい。

「あ、なら、来月の——」

「明後日はダメですか？」

「え？」

「ですから、明後日の三月二十二日木曜日。この日なら、私、空いてますので」

「あなたが空いていても、私は——」

今月いっぱいは、シナリオに集中したい。それに、明々後日は朝から仕事が入っている。明後日はその準備もしなくてはならない。

「来月ではダメですか？」亜樹は言ったが、

「来月は、ちょっと。……明後日でお願いします」女性も引き下がらなかった。

「でも、明後日は……」

「お時間、作ってください。明後日の午後一時。三鷹駅の改札で、お待ちしています」

「あ、でも」

「では、よろしくお願いします。私、赤いバッグを持っていますので」

＋

しかし、思い出すだけで、ムカつく電話だった。

なんなの？　あの一方的な電話は。まるで、命令。もっと腹が立つのは、そんな命令に従って、のこのことやってきた自分だ。

亜樹は、自動改札にSuicaを押し当てた。が、「残高不足」が表示され止められた。

「ああ、まったく。何から何まで、ついてない！」

踵《きびす》を返すと、精算機に急ぐ。と、そのとき、赤い何かが視界を過った。改札の向こう側、赤いバッグを持つ高齢者がうろうろとなにかを探している。

——私、赤いバッグを持っていますので。

……あの人が、菊村さん？　……でも、ちょっとイメージと違う。電話の感じでは、いかにもハツラツとした、五十代の働き盛りの女性……という感じだった。その声も癇《かん》に障《さわ》る程滑らかで、そして甲高かった。まさに、慇懃《いんぎん》無礼《ぶれい》なオペレータのそれ。

が、改札向こうの女性は、どこからどう見てもおばあちゃんで、その赤いバッグも、巣鴨《すがも》の商店街で売ってそうな布製のトートバッグだ。上着もくすんだネズミ色のキルトジャケット、……の割には、ボトムは若い人が穿《は》きそうな黒白バイカラーのフレアスカート。さらに、ハイヒールだ。チグハグなコーディネートだな……と思っていると、目が合った。亜樹は、咄嗟に目を逸《そ》らす。

そして、わざとゆっくりと精算していると、

「斉川さん？　斉川亜樹さんですよね？」

と、電話のあの甲高い声が聞こえてきた。

「え？」

そろそろと振り返ると、改札の向こう側、おばあちゃんが手を振っている。

やっぱり、あの人が、菊村さん。

「あの。……どうして、私だと分かったんですか？」

駅前のカフェ。

型通りの挨拶を終えると、亜樹は訊いた。

――あの人込みの中で、なぜ私が〝斉川亜樹〟だと分かったのだろうか。顔出しNGで通しているのに。娘の百香が学校で揶揄《からか》われないようにシナリオライターであることは伏せていて、インタビューを受けても、顔写真は載せないようにお願いしている。北上史朗との不倫が報道されたときですら、顔にはモザイクがかかっていた。だから、私の顔は世間的には知られていないはずなのに……。

「だって。一時に改札で待ち合わせでしょう？　ということは、十二時五十七分着の特快でいらっしゃると。電話の感じでは、あなた、時間に正確そうでしたから。それに、忙しい方だと伺ってましたので、ラフな格好でいらっしゃると思ったんです。

……大当たりでした！」

名探偵が推理を披露するように、菊村さんが声を弾ませる。その胸元には、いかにも手作り市で売っていそうな、革細工のネックレス。

――余計なお世話かもしれないけど、それ、その花柄のブラウスにはまったく合ってない。

思ったが、亜樹は言葉を呑み込んだ。

その代わり、

「でも、私以外にも、降りた客は結構いましたよ？　私と同じような、ジーンズ姿の人だって、いっぱい」

「ええ、確かに。でも、すぐに分かりました。あ、斉川さんだって。間違いなく斉川さんだって。……でも、言われてみれば、不思議ですね。なんででしょう。……ほんと、不思議」

ネックレスを弄《もてあそ》びながら、菊村さんがはにかむように笑った。

こうやって見ると、なかなかの美人だ。誰かに似ている。……そうだ、八千草薫《やちぐさかおる》。好きな女優さんだ。

いけないいけない。その笑顔に絆《ほだ》されている場合ではない。

「で、赤松三代子さんの件ですが。私、本当にその人のこと、まったく知らないんです」

亜樹は、少しきつめに言った。

「そうなんですか」なのに、菊村さんは、のんびりとコーヒーを啜《すす》る。「でも、あなたの叔母さんであることには、違いないんですよ。お母様から、そんなような話、聞いたことはないでしょうか？　あるでしょう？」

「ああ。それは」

亜樹もティーカップを引き寄せると、それを一口、啜った。

「母からは、三姉妹だったということは聞いたことがあります」

「ほら、やっぱり。あなた、ご存じなんじゃないですか！」

菊村さんが、得意満面で言い放つ。

「嘘はいけませんよ、嘘は」

はぁ？　嘘なんてついてないわよ。……なんなのよ、この人、なんでこんなにいちいち偉そうなの？

……ああ、もう、ほんと、イライラする！

「ばっかじゃないの」と捨て台詞を吐いてこのまま帰ろうかとも思ったが、亜樹は堪《こら》えた。

そして、感情に蓋《ふた》をするように、静かに言った。

「母が三姉妹だったというのは知っていましたが、その妹の一人が〝赤松三代子〟であることは、聞かされていません。母からは、妹たちとは生き別れになったとしか。

……事実、昔見た母の戸籍には、妹たちの名前はありませんでした」

「なるほど」

「そもそも、証拠はあるんでしょうか？　〝赤松三代子〟が私の母の妹……私の叔母であるという証拠は？」

「ありますよ」

菊村さんが、意味ありげににやりと笑った。そして、赤いバッグを膝に載せると、中から一枚の用紙を取り出した。そして、

「これは、〝除籍謄本〟です」

と、亜樹に差し出した。

「除籍謄本？」

「死亡、失踪宣告、婚姻、離婚、養子縁組、分籍などにより、元の戸籍簿から除かれたものを別に綴《つづ》った書類です。ちなみに、あなたのお母様である斉川一美さんは、あなたを産んだときに分籍して、自分が筆頭の戸籍を作られたんです。だから、妹さんたちの名前がないのは当然です。が、除籍謄本にはちゃんと綴られているんですよ、妹さんたちの名前が。……さあ、ご覧なさい」

言われて、除籍謄本なるものを見てみると。母の妹であることを示す欄に、「三代子」という名前がある。……そして、もう一人。「二葉《ふたば》」という名前も。

「ご理解いただけましたか？　赤松三代子さんは、間違いなく、あなたの叔母さんです」

菊村さんが、どこか勝ち誇ったように顎《あご》をしゃくった。

亜樹も負けじと、鼻で笑った。

「……徹底しているんですね」

「え？」

「こうやって、除籍謄本まで取り寄せて、扶養義務者を探すんですね」

「まあ、そうですね。これが私たちの仕事ですから」

「仕事……ですか」

亜樹は、先ほど渡された名刺を眺めた。

『NPO法人　ありがとうの里　菊村藍子』

「……でも、なんで役所の代わりに、NPO法人が？」

「いいえ。役所の代わりではなく、私は依頼人の代わりです」

「依頼人？」

「はい。赤松三代子さんの娘さんである、赤松波留《はる》さんです。あなたの従妹《いとこ》にあたる方です」

「ちょ、ちょっと待ってください。よく分からないんですが。……ハル？　従妹？」

赤松三代子という謎の〝叔母〟だけでも訳が分からないのに、その上〝従妹〟まで登場して、亜樹は軽くパニックに陥った。

「……初めから、説明していただけませんか？　もう、本当に、訳が分からないんですよ！」

声を荒らげる亜樹に、

「ああ、そうですね。すみません。せっかちな性分で。……では、まず、これをご覧ください」

と、菊村さんは再び赤いバッグを探りはじめると、その中から紙の束を取り出した。

「これは、赤松三代子さんから届いた手紙のコピーです。これを読んでいただければ、だいたいの経緯がお分かりになると思うんですが――」

5

はじめてお便りいたします。

恥を忍んで、この手紙を書いております。

私は、東京都武蔵野市緑町に住む主婦で、赤松三代子と申します。先月、五十五歳になりました。今は、娘と暮らしています。

娘は、波留と申します。二十八歳になります。

夫は、十三年前に亡くなりました。自殺です。

ハードワークがたたり、うつ病を患ってしまったのです。よほど会社に行きたくなかったのでしょう、乗るはずの通勤電車に身を投じ、命を閉じました。

あの日のことを思うと、今も心臓がきゅっと痛くなります。

夫の不調を知りながら、「ほら、しっかりして。住宅ローンだってあるのよ。頑張って働いてもらわないと」と、その日も私は、夫の尻を叩いて仕事に送り出したんです。

私にしてみれば〝励まし〟だったのですが、夫にしてみれば、〝プレッシャー〟に他ならなかったのでしょう。だからといって、一人、逝ってしまうなんて。……その二時間後、警察から連絡があったときの私の絶望、お判りいただけますでしょうか？

当時、一人娘の波留は十五歳。某私立大付属の中等部の三年生で、高等部の進学も決まり、「これからますますお金がかかるな。俺も頑張らなくちゃな」などと、夫も張り切っていたというのに。

なのに夫は、住宅ローンと娘の学費から逃げるように、亡くなってしまったのです。

ただ、団体信用生命保険に入っていたことは幸いでした。夫が死亡したことで、住宅ローンの支払いがなくなったのです。さらには、遺族年金と生命保険金五千万円がありましたので、夫が亡くなったあとも、それまで通りなんとか暮らすことができました。娘も、そのまま高等部へと進むことができました。

私は、天国の夫に感謝したものです。私に家を残してくれてありがとう。遺族年金と保険金を残してくれてありがとう。そして、夫と結婚して本当によかった……と。

ただ、不安はありました。

娘の教育費が、予想以上にかかったのです。学費以外にも、部活の費用や合宿の費用、そして夏休みの短期留学費用。さらには、家庭教師もつけていましたので、なんやかんやと、年に二百万円以上はかかっていました。

いうまでもなく遺族年金だけでは到底足りず、保険金の五千万円も目減りしていく一方。それでも、教育費だけは削れませんでした。娘に惨《みじ》めな思いをさせたくなかったのです。それでなくても、母子家庭。「母子家庭だから、我慢しなさい」ということだけは言いたくなかったのです。娘には、人並みにお金をかけてあげたかった。志望校である東京大学に行かせてやりたかった。

……もしかしたら、そのことが、娘の〝傷〟になっているのかもしれません。結局娘は、違う大学へと進みましたが、その頃からどこか様子がおかしくなりました。それでもなんとか卒業して、ＩＴ企業に就職したんですが、一年もしないうちに、欠勤しがちになって。

その様は、夫のそれでした。

なにか、嫌な予感がしました。

私の予感は的中し、娘が自殺を図《はか》ってしまったのです。駅のホームから線路に飛び降りたのです。まさに、夫と同じです。幸い、電車が来る前に救出されたので大事に至りませんでしたが、娘は長期休職を余儀無くされました。というのも、念のため……ということで運ばれた病院で、〝うつ病〟と診断されたからです。

なんていうことでしょう。まったく夫と同じです！

あれから、五年。ですが、相変わらず、職には就いていません。せめてアルバイトでもしたら？　とアルバイト先を色々とみつけてやっているのですが、一日も勤まりません。

娘がそんなふうですから、生活もままなりません。

頼りの遺族年金は、娘が十八歳になったら減額されてしまったし、保険金だって、もうほとんどありません。お恥ずかしい話、口座の残高がいよいよ一万円を切ってしまいました。

先月は携帯電話と固定電話が止められて、今も止められたままです。このままいくと、来週には電気とガスが止められそうです。

そんな中、私の体まで悲鳴を上げてしまいました。微熱が続いて、身体中が痛いのです。病院に行きたくとも、半年ほど前から保険証も使えなくなってしまいました。……そうなんです。保険証が使えなくなってしまったので、娘は病院に行くことができず、薬ももらっていません。そのせいで、娘の様子はどんどん悪くなり、先日は、殺されそうになりました。

遺族年金はどうした？　とお思いでしょうね。遺族年金でなんとか生活できるはずだろう、少なくとも光熱費は払えるだろう……って。

確かに、減額されたといっても年額約百六万円、月額約八万八千円、年金をいただけます。ですが……。

実を申しますと、娘の学費や生活費が足りなくて、ちょくちょくカードローンを利用していました。それに、娘は奨学金を借りていたので、それらの返済で、年金はほとんど消えてしまいます。ときには年金でも足りないことがあり、さらにカードローンを。そんなことを繰り返しているうちに、もういくら借金しているのか分からなくなってしまいました。

それでも、今までどうにか生きてこられたのは、リボ払いで買い物をしていたからです。月々一万円を支払えばいいのですが、その一万円すら払えなくなり、滞納。ついには、全額返済するように請求がきました。その額、三百万円！

その数字に慄《おのの》き、市役所で行われていた無料の法律相談に飛びつきました。そのとき担当してくださった弁護士の先生が言うには、「自己破産」しかないと。それで借金がちゃらになるならば……と、その先生に自己破産の手続きをお願いしようと思ったのですが、よくよくお話を聞いてみると、自己破産すると、不動産を処分することになる……つまり、家を売却しなくてはならないということでした。

それは困ります。

家がなくなったら、私と娘はどこに住めばいいのでしょう？

それに、この家は、主人が残してくれたものです。私たちにとっては、思い出の詰まった大切な家。……それを処分しろだなんて！　そんなこと、とてもできません。

だから、「自己破産」は諦めることにしました。

じゃ、どうしたらいいんだろう？　と思い悩みながらテレビを見ていると、「生活保護」の番組がはじまりました。

「これだ」と思いました。

もう、私には「生活保護」しかない。

「生活保護」ならば、医療費も無料になる。

医療費が無料というのはとても助かります。娘を前のように病院に通わせたいし、私自身も医者にかかりたいのです。

ということで、「生活保護」の申請をしようと役所に行こうとしたのですが、役所には私の知り合いが何人か働いており、その人たちとばったり会ってしまったらバツが悪いな……などと二の足を踏んでおりましたら、郵便受けに「生活保護申請、サポートします。NPO法人　ありがとうの里」というチラシが投函されていて、飛びついた次第です。

とにかく、人並みの生活を取り戻したいのです。

このままでは、親子二人、餓死するしかありません。

ここ数ヶ月、私たち親子は、まともに食事すらしていないのです。

昨日など、カップラーメンと特売品のコロッケだけ。その一食だけです。

本当に、このままでは餓死しそうです！

どうか、担当様、お願いです。「生活保護」の道を、私たち親子に与えてください。

恥を忍んで、お願いしています。

これが、最後の命綱。どうか、どうか、よろしくお願いします。

NPO法人　ありがとうの里　生活保護担当様

二〇一七年十一月二十日　赤松三代子拝

＋

先日は、わざわざご訪問いただき、ありがとうございました。

本来ならば、こちらから出向かなくてはならないんでしょうが、なにしろずっと調子が悪く、外出がままなりません。娘も相変わらずで、外に出られる状態ではありません。

特にあの日は調子が悪く、ちゃんとお話しできなかったことが悔やまれます。しまいには感情的になってしまい、本当に申し訳ございませんでした。

あの日、「なら、生活保護なんていらない」などと声を上げてしまいましたが、あれは、本心ではありません。更年期による感情の乱れから、心にもないことを言ってしまっただけです。

私は、心から、生活保護を受けたいと思っています。

ただ、「家」を処分することだけは、ご勘弁願いたいのです。家族の思い出がつまった大切な家です。これだけは、手放したくないのです。

家を購入したのは、夫が亡くなる五年前のことです。それまで、文京区《ぶんきょうく》本郷《ほんごう》の社宅に住んでおりました。

申し分のない環境で、特に子育てにはうってつけの場所でした。なにしろ、東京大学が目と鼻の先にあり、娘も物心ついた頃には、「わたしも東大に行く」などと申すほど。それだけ身近な存在でした。私も、いつしか、「波留を東大に入れなくちゃ」と当たり前のように考えるようになりました。だから、当たり前のように、地元の私立幼稚園に通わせ、小学校も私立を選びました。

ですが、諸事情あって、社宅を出ることになったのです。波留が小学四年生のときです。学校のこともありますし、そう遠くには引っ越せない……ということで、文京区でいろいろ探したんですが、なかなかいい賃貸物件がなくて。予算を優先すれば他を妥協しなくてはならなくて、他を優先すれば、予算が大幅にオーバーしてしまい。……社宅が本当にいいところだったんです。八十五平米の３ＬＤＫ。築年数は結構経っていましたが、もともと外国人向けに建てられた集合住宅でしたので、すべてがおしゃれな作りでした。キッチンは広々としていてオーブンもビルトイン。サンルームもあって、そこで朝食をとるのが家族の日課でした。

今思えば、そんな社宅に月五万円で住んでいたことじたい、破格だったのでしょう。

あの社宅と同じような条件のものを、文京区で探そうとしたら、それこそ家賃は三十万円、四十万円。手取り四十万円の夫の給料ではとてもとても。主人の給料で借りられる部屋は、頑張って十五万円まで。そうなると、部屋の条件はかなり悪くなります。そもそも、この価格帯で文京区に八十平米の物件は絶望的です。だからといって今更、一度経験したレベルを下げることは難しくて。

主人と色々話し合って、「なら、郊外に家を買おうか？」ということになりました。幸い、三百万円ほどの貯えがありましたので、それを頭金にして。

不動産屋に相談しに行くと、主人の収入なら、五千万円までローンを組むことができると言われました。勤め先が大手通信会社なので、審査も難なく通るだろうと。そのとき、不動産屋に勧められたのが、今の家です。中央線三鷹駅から徒歩二十分、四千八百万円の新築一戸建て。建売でしたが、建物面積百平米の、ほぼ理想的な家でした。三十五年ローンで月々約十五万円の返済。

月に十五万円ならば、無理なく払えます。四谷《よつや》にある娘の学校からは少し遠くなりますが、でも中央線で一本。なにより娘も家が大変気に入り「ここに住みたい」。そして、犬を飼いたい」というものですから、即決しました。それが、十八年前、一九九九年のことです。世の中は先の見えない不景気の中にありましたが、幸い、主人の会社は順調で、審査もすぐに通りました。

それから四年ほどは、平穏な日々が続きました。主人の会社は相変わらず順調で、臨時ボーナスが出るほど、年々業績も上がっていました。娘も、中等部に順調に駒を進め、東京大学に向けて、勉強に励んでおりました。

私は思ったものです。

私は、幸せ者だ。主人と結婚してよかった……と。

やはり、女の幸せは〝結婚〟だと。

と言いますのも、結婚するとき、少し迷いがあったからです。

私には、二人の姉がいます。訳あって、小さい頃から別々に暮らしておりましたが、すぐ上の姉とは割とよく連絡を取り合い、近況を教え合う仲でした。

私たちの話の種は、主に、一番上の姉のことです。

〝一美〟という名の姉は、まあ、素行の悪い女でして。中学校の頃から男を作り家出を繰り返し、十九歳で妊娠、二十歳で未婚の母となりました。結局、男に捨てられたんです。その後も、西川口《にしかわぐち》や錦糸《きんし》町のいかがわしいお店で働き、そのたんびに男に騙され。

一番上の姉の悪い噂を聞く度に、「ああはなりたくないね」と、思ったものです。

だからって、二番目の姉のような人生もまっぴらだと思っていました。

〝二葉〟という名の姉もまた、〝愛人〟という不確かな立場で子供を作りました。一番上の姉と違って、その子供は認知されたようですが、それでも、〝愛人〟です。なんの保障もなければ、メリットもない。月々お手当でどうにか暮らしている、日陰の身です。しかも、〝愛人〟といっても相手の男は、ただの会社員。お手当だって高がしれていて、住んでいる部屋だって、蒲田《かまた》のボロアパートでした。なのに、この姉は、ことごとく私を見縊《みくび》り、バカにするんです。二十歳を過ぎても男の影すらなかった私に向かって、

「まさか、まだバージンなの？　今の時代、バージンをありがたがる男なんて、いないわよ」とか、

「あんたみたいに地味でパッとしない女は、一人で生きていくしかないわね。だから、しっかり、手に職をつけないと」とか。

当時、私は小さな印刷会社でオペレータの職に就いていました。二番目の姉は、その職業について、いちいち見下すようなことを言いました。

「不器用なあんたにも勤まるその仕事、頑張りなさいね。あんたには、それしかないんだから」

本当に悔しかったです。

だから、私、思ったんです。二人の姉よりも、幸せな人生を築こう……と。

二人の姉が、どうやっても手の届かないものを作ろう……って。

そう、それはマイホームでした。ちょっとやそっとでは壊れないマイホーム。

そう、〝煉瓦の家〟です。

それを手に入れるには、結婚が必須だと。

そんなことをぼんやり考えているときに、主人に出会いました。主人とは、友人が主催する飲み会で知り合いました。今風にいえば、〝合コン〟というやつです。

……主人の第一印象は、「地味、目立たない」でした。

実際、主人の存在に気がついたのは、合コンが終わる頃。席替えで隣になったとき初めて、視界に入ってきました。

ところが主人は、私のことを「最初から気になっていた」と。そんなことを言われて舞い上がってしまった私は、つい、連絡先を教えてしまいました。翌日、早速連絡があり、二人っきりで映画を見に行くことになりました。「次は、どこがいいですか？」と訊かれたので「ディズニーランド」と答え、「次はどこがいいですか？」とまた訊かれたので「横浜の中華街」と答え。……そんなふうに、ずるずると会い続けているうちに、私にも〝情〟が湧いてきまして。そして、出会って一年後に、「文京区本郷の社宅に空きが出たんですが、でもファミリー向けなので、既婚者じゃないとダメなんです」と、遠回しにプロポーズされたのでした。

この時点では、まだ体の関係はありませんでした。体を許していい相手かどうか、よく分からなかったのです。〝情〟はあるけれど、それが〝愛〟かと言われれば、ちょっと違う気もする。

実は、その頃、私、こっそりと付き合っている人がいたのです。その交際は人には言えない類《たぐ》いのものでした。……お察しください。その人は、マスコミ関係の人で。二番目の姉に紹介されたんです。「私のいい人だ」って。取るつもりはなかったんですが、自然とそんな関係になってしまいまして。……最初はあてつけのような感じでした。でも、どんどん本気になってしまって。

でも、その人とは結婚は望めませんでした。その人と関係を続けていたら、私はただの〝愛人〟で終わってしまう。日陰のままで。これじゃ、二番目の姉と同じだ。それだけはいやだったんです。私は、家庭が欲しかった。

そんなときに、主人からプロポーズされて。

主人には恋心は一切ありませんでしたが、一緒にいるとほっとできる相手であることは間違いなく、なにより、安心できる。こういう相手こそ、結婚相手に相応しいのではないか？　でも……。そんな迷いがあり、二番目の姉に電話してみたのです。

「プロポーズされたんだけど、どうしたらいい？」

姉の顔色が変わったのが、声でも分かりました。明らかに、動揺しています。が、姉はそれを上手に隠して、いかにも妹思いの姉の素振りで、

「相手は？　何歳？　なにしている人？　収入は？　家族構成は？」

などと、矢継ぎ早に質問してきました。

「N通信会社の正社員さんで、私より二歳上の二十七歳。収入は……今のところ年収四百万円ぐらいかな？　でも、順調にいけば、三十歳頃には年収六百万になるって」

「へー、そうなんだ、へー」と相槌を打つ姉でしたが、焼け付くような嫉妬がじわじわと伝わってきて。

あの高慢ちきな姉が、いっつも見下している私に対して嫉妬するなんて！

その小気味のいいこと！

私は決意しました。結婚しようって。

「お姉さん、ありがとう。お姉さんのお陰で、踏ん切りがついたわ。……私、結婚する」

そうして、一九八八年六月。私は結婚しました。

式は挙げませんでした。

夫は小さい頃に両親を失くし、祖父母によって育てられましたので、親族はほとんどおらず、私も私で事情があり親族はそれほどおりませんでしたので（二人の姉とは戸籍も分かれておりましたし、そもそも、姉たちを招待するつもりはなかったので）、仰々しい式を挙げるよりは、新婚旅行にお金を使おう……ということになりまして。十日間ヨーロッパ周遊ツアーに出かけたのです。

素晴らしい旅行でした！　ロンドンもパリもミラノもジュネーブも言葉にできない

ほど素敵な街で、私はつくづく思ったものです。

結婚してよかった！

翌年には娘も生まれ、まさに順風満帆《まんぱん》。

私はとうとう〝煉瓦の家〟を手に入れたのだと、喜びの中にいました。

でも、私はもっともっと頑丈な〝煉瓦の家〟を作りたかった。

夫も同じ思いでした。私も夫も、〝家庭〟というものに恵まれませんでしたので、娘の波留には、〝家庭〟を存分に味わわせてやりたい。そのためには、社宅ではなく、自分たちの家が必要だ……と、私たちは思いはじめていたのです。

そんな思いで購入した今の家です。これを手放すなんて、とうていできません。

生活保護を受けるには、財産があってはならない……というのは分かります。だからといって、住処まで奪うのは、どういうことなんでしょうか？

住処がなければ、路頭に迷うだけ。ホームレスになれと？　……矛盾していませんか？　なにか間違っているような気がするのです！

何とぞ何とぞ、家を手放さなくても済む方法を模索していただけないでしょうか？

今年の冬は寒く、今、凍える指でこの手紙を書いています。

娘も、電気が止められた寒い部屋の中で、毛布にくるまって泣くばかり。

この家がなくなったら、私たち親子は、生きる希望さえ失ってしまいます。

どうかどうか、この家を取り上げないでください。

そして、どうか、生活保護の申請が通るようにご尽力ください。

心より、お願い申し上げます。

NPO法人　ありがとうの里　生活保護担当様

二〇一七年十二月十日　赤松三代子拝

＋

先日は、わざわざお越し頂きましたのに、取り乱してしまい、誠に申し訳ありませんでした。

とにかく、驚いてしまいまして。

「親族に連絡する」なんて、おっしゃるものですから。

生活保護を受ける際に、親族に照会するなんて、初めて知りました。

親族には扶養義務があるとかなんとかおっしゃってましたが、そんな親族がいたら、初めから生活保護のご相談なんてしていません。夫のほうの親族は、祖父母だけ。その祖父母もとっくの昔に鬼籍に入っています。

確かに、先日の手紙でも触れたように、私には姉が二人おります。ですが、小さい頃に別々の家庭に預けられ、別々の人生を歩んできました。

二番目の姉とは連絡を取り合っていましたが、結婚を境に、疎遠になりました。

一番目の姉に至っては、今、どこでなにをしているのか、まったく分かりません。生死も分かりません。生きていたとしても、ろくな生活は送っていないと思います。なにしろ、中学生の頃から家出を繰り返し、二十歳の頃には未婚の母となり、その後もいかがわしい商売を転々としていると聞きましたから。

二番目の姉だって、生きていたとしても、ろくなことにはなっていないと思います。なにしろ〝愛人〟という不確かな立場で、パトロンのお手当だけが頼りの、根無し草。疎遠になったのも、きっと、なにか訳があってのことだろうと推測しています。

いずれにしても、私には、頼れる親族なんかいません。

仮に、親族がいたとしても、「扶養してください」なんて、お願いできません。家長制度の時代ならいざ知らず、今は個人を尊重する時代ではございませんか。いくら親族だからといって、扶養をお願いするなんて、そんな厚かましいこと、できません。

そんな、恥ずかしいこと……。

重ね重ね、お願い申し上げます。

生活保護の申請が通るようにご尽力ください。もう、限界です。クリスマスどころか、年も越せません。

このままでは、死んでしまいます。

NPO法人　ありがとうの里　生活保護担当様
二〇一七年十二月二十三日　赤松三代子拝

＋

昨日は、娘を外に連れ出していただき、本当にありがとうございます。

久し振りに、娘の笑顔を見ることができました。

本当に素敵な、クリスマスになりました！

でも、よかったのでしょうか。

タクシーを借り切って、東京都内観光だなんて。

いくらボランティアとはいえ、それなりにお金がかかったんじゃないかと、心配しております。しかも、お土産のケーキまでいただいてしまって……。

本当に、ありがとうございました。

娘も、とても喜んでおります。

心より、御礼申し上げます。

NPO法人　ありがとうの里　生活保護担当様

二〇一七年十二月二十六日　赤松三代子拝

＋

昨日は、突然お電話してしまい、すみませんでした。

パニックになってしまいまして。今も頭が混乱しております。

昨日もお話ししましたが、先週からはじまった東洋テレビの朝ドラ『三匹の子豚』の件です。

あのドラマで所々出てくる〝煉瓦の家〟という台詞。三姉妹という設定。そしてヒロインの〝一代〟。

特に、三姉妹が母親らしき女性に言われる台詞。

「お母さんは、見ているからね。あんたたちが立派なお家を作るところを。一番立派て。

なお家を作った子に、お母さんの宝物をあげるからね」

これと同じようなことを、小さい頃、私も言われたことがあるのです。

はじめは偶然か？　とも思いましたが、考えれば考えるほど、偶然とは思えなく

もしかして、このドラマのスタッフに、一番目の姉の関係者がいるのかもしれませ
ん。あるいは、姉の子供かもしれません。姉には、そういえば、娘がいたはずです。
だとしたら、私の〝姪〟にあたります。つまり、三親等の〝親族〟となります。確
か、三親等までは、扶養義務があるようなことを、担当さんはおっしゃっていました
ね。

だったら、なおさらです。

その〝姪〟に、扶養照会なさらないように、お願い申し上げます。

その〝姪〟とは一度も会ったことはございませんし、なにより、姉の娘の厄介にな
るつもりは毛頭ございません。

そんなことになったら、死んだほうがましです。

二〇一八年一月十一日　赤松三代子拝

NPO法人　ありがとうの里　生活保護担当様

6

それらを読み終えたとき、亜樹はどっと疲労感に苛《さいな》まれた。

……なんなんだ、この手紙は。嘆願しているわりには、ところどころに自慢や身勝手さや傲慢さが滲《にじ》み出ている。こんな手紙をもらったら、同情どころか、ますます心証を悪くするだろう。

「どうですか？　赤松三代子さんがあなたの叔母さんであることが、お分かりになりましたでしょうか？」

菊村さんの問いに、

「まあ、そうですね。……辻褄は合ってますね」

亜樹は、ぶっきらぼうに答えた。そして、

「でも、赤松さんは、私からの扶養を心底嫌がっているじゃないですか。……ここまで拒絶しているのに、私が扶養を申し出たら――」

菊村さんの濁った瞳が、ぎらりと光る。もう、その視線と戦う気力はない。

「……分かりました。月に五万円程度なら――」

亜樹は、とうとう白旗を上げた。

除籍謄本といい、手紙の内容といい、〝赤松三代子〟が自分の〝叔母〟であることは間違いないだろう。ここは潔《いさぎよ》く、扶養の意志を示したほうがいい。でないと、いつかの芸能人のようにバッシングの対象になる恐れがある。

「月に五万円？」

菊村さんの濁った瞳が、さらにぎらりと光る。

「……十万円までなら」

正直、十万円はきつい。確かに、今は仕事が順調だが、いつまた干されるか分かったもんじゃない。稼げるときに稼いで、百香のためにもお金を貯めておきたい。なのに月に十万円、見知らぬ〝叔母〟に援助するなんて。……やっぱり納得がいかない。

不機嫌に紅茶を啜っていると、

「ああ、すみません。あなた、なにか誤解をしていますね。私の説明が悪かったですね」

と、菊村さんが、ケラケラ笑い出した。

「……なんですか？」

「あなたは、赤松三代子さんを扶養する必要はまったくないんですよ」

「え？」

「私は、赤松波留さんの代理です。赤松三代子さんの娘で、あなたの〝従妹〟にあたる方です」

「……？」

「結論から申せば。赤松三代子さんは、亡くなりました」

「……は？」

「さあ、これもお読みください」

と、菊村さんが、引き続き紙の束を差し出した。

7

いつもお世話になっております。

先日も、わざわざご訪問いただき、ありがとうございました。そして美味しいドーナツをありがとうございました。

ドーナツは、父の大好物。父が生きていたら喜んだろうな……と思うと、涙が止まらなくなりました。

本当に優しい父でした。真面目な父でした。大人しい父でした。

そんな父が大好きでした。

でも、母にとっては、物足りない夫でした。

だから、母は、父を殺したんです。

ええ、そうなんです。父は、母に殺されたんです。

私が、小学生の頃。……そう、この家を買ったばかりの頃です。

母が、誰かと電話で話していたのを聞いたことがあります。

「……このご時世でしょう？　主人の給料が下がっちゃったのよ。困るわ。もう、かつかつ。いっそのこと、夫が死んでくれたら。家のローンが団信保険でちゃらになるのに」

冗談だったのかもしれません。でも、許せませんでした。

父に死んでほしいなんて、冗談でもそんなことを言う母が。

その頃からです。私が母の言動を観察するようになったのは。

母は、ことごとく父に辛く当たりました。父を否定しました。父をバカにしました。

あきらかに〝言葉の暴力〟です。言葉の暴力は、力の暴力以上に、人の心を壊します。

「ダメ男」「安月給」「不要品」「人間のクズ」「できそこない」と日々詰《なじ》られ、父は、日ごと、弱っていきました。そして、とうとう、父はうつ病を患ってしまったのです。

そんな父を、今度は「頑張って」「あなただけが頼りなのよ」「ローンだってあるんだから」と、母は、必要以上に励ますようになりました。

それは一見、夫を心配する妻の姿でしたが、違います。母は、「うつ病」の本を何冊も図書館から借り、うつ病患者との接しかたを勉強していました。本には、「励ましてはいけない」と書かれていたにもかかわらず、母はその反対のことをしていたのです。

つまり、「励ます」ことで、父を追いつめていたのです。

父が死んだ日もそうです。激しい頭痛で体が動かないと訴える父を、無理矢理仕事に駆り立てたのです。そして、

「住宅ローンはどうなるの？　波留の教育費は？　あなたがしっかりしてくれないと、私たち、死ぬしかないのよ？」

と、繰り返し繰り返し、父に吹き込んでいました。

特に、「死ぬ」という単語は、その朝だけで五十回は出てきたと思います。

あんなに言われたら、健康な人だって変な暗示にかかってしまいます。

案の定、父はその日、命を絶ちました。

自殺ということになっていますが、違います。母が殺したんです。

父が死んだ日、母が言った言葉が忘れられません。

「これで、住宅ローンがなくなるわ」

母にとって、人生で一番大切なのは、「家」なんです。

なんでそんなに「家」に拘《こだわ》るのかは分かりません。たぶん、母は、取り憑かれているんです、「家」に。

私も我慢の限界です。

父を苦しめた例の母の小言。父が亡くなってからは、ずっと私に向けられています。

特に、大学に進学してから酷くなりました。母は、私が東大に行くのは当たり前だと思っていましたから。

東大なんか初めから志望してないのに……そもそも、東大に行ける程の偏差値もないのに。

だから、私は早々と、他の公立大学にターゲットを絞って、受験したのです。

それが、母の怒りを買ってしまいまして。入学金も授業料も出さないというものですから、奨学金を借りるハメになりました。

それからも、ことあるごとに、「東大、東大」と、グチグチと。

「東大に行っていれば」「東大ならば」「東大に行ったあの人は」「東大だったら」

……東大、東大、東大。

頭がおかしくなりそうでした。いえ、実際、頭がおかしくなりました。……そう、父と同様、私も母に、じわじわと心を壊されていったんです。

大学を卒業して就職してからは、さらに酷くなりました。母は、私に国家公務員になってほしかったようですが、……私は民間の企業に就職しました。

すると、またはじまったんです。

「国家公務員になっていれば」「国家公務員ならば」「国家公務員になったあの人は」「国家公務員だったら」

……国家公務員、国家公務員、国家公務員。

私の心は、完全に壊れました。

いよいよ母の幻覚を見るようになり、ある朝、衝動的に、ホームから線路に飛び降りてしまいました。そのときは助かりましたが、それが原因で、退職を余儀なくされ。

それからは、家に監禁状態です。母が、私を外に出してくれないのです。

地獄です。

もう耐えられません。

母がいる限り、この苦しみから逃れることはできません。

死にたい、死にたい、死にたい……。

そんなことを思っていた矢先のことです。

母が外出中のとき、ひさしぶりにリビングに行って、ぼんやりと窓の外を眺めていたら、隣の家の奥さんと目が合いました。

このおばさんには子供がなく、だからなのか、小さい頃からとても可愛がってもらいました。でも、ここ最近は、とんとご無沙汰だったのです。

「波留ちゃん、ちょっとそっちに行っていい？」

おばさんが、声をかけてきました。

断ろうとも思いましたが、そのときの私は、無性に人恋しかった。誰かに話を聞いてもらいたかった。

私は、頷きました。

おばさんは、手作りの酒まんじゅうを両手いっぱいに抱えて、うちにやってきました。

「お母さんは？」

「外出しています」

「そう。……なんか、あった？」

そう訊かれて、私は堰を切ったようにこれまでのことを話しました。父が自殺してから今までのことを、洗いざらいに。

「……そう、そんなことになっていたの」

酒まんじゅうを私に差し出しながら、おばさん。「大変だったね……。苦労したね……。ほんとうに、辛かったね……」

その言葉を聞いて、自然と涙が溢れました。

ずっとずっと我慢してきた、涙。でも、このときばかりはもう我慢ができませんでした。

「今だから言うけど」

おばさんは、酒まんじゅうをかじりながら、少し俯き加減で言いました。「あなたのお父さんが亡くなった本当の理由、私、知っているかもしれない」

「え？」

「あなたのお母さん、他に男の人がいたのよ」

「え？」

「つまり、浮気していたってこと。それで、お父さん――」

初めて聞くことでした。

でも、言われてみれば。

そう、父が自殺する前。予定より早く学校が終わって、家に戻ったとき、スーツ姿の男と玄関先ですれ違ったことがあるんです。一度や二度ではありません。そのときは、なにかの訪問販売なのかな……と思ったんですが。

もしかして、その人が、浮気相手？

「私も、それとなく、注意はしたことがあるのよ。……今の生活を大切になさったほうがいいですよって。でも、あなたのお母さん、この家を出て行くつもりだったんじゃないかしら」

「え？」

「家を出て行く準備もしていた。そんなときよ。あなたのお父さんが亡くなったのは」

「え？」

私は、バカみたいに「え？」を繰り返すしかありませんでした。言葉を失うとは、まさにこのことです。

「あなたのお父さんの死をきっかけに、お母さんの不倫も終わったようだけど。どうやら、男に逃げられたみたいね。だって、一度、このリビングで、半狂乱になりながら電話をしているお母さんを見たことがあるわ。『捨てないで、捨てないで、捨てないで！』って、お母さん、受話器を握りしめながら叫んでいた。……でも、ほんと、酷い話よね。人の家庭を壊すだけ壊して、そのあとは逃避だなんて。男のクズよ」

とても信じられない話です。

でも、あの母なら、もしかしてそういうこともあるのかもしれない。

子供の私から見ても、母は父を愛しているようには思えませんでした。お金のため、生活のため、そしてこの家のために、仕方なく一緒に暮らしている……という風でした。一方、父は母のことが大好きでした。いつでも母のご機嫌をうかがい、どんなときも母の言い分を最優先してきました。

そんな父を、母は裏切ったのです。最も残酷な方法で。

許せないと思いました。

あんな母の血が私の中にも流れていると思うと、自分自身も許せないと思いました。

だから、母を殺して私も死にます。

でも、心残りがあります。

トイプードルのみゅみゅちゃんです。

父が買ってくれたトイプードルはすでに他界しましたが、その子供がみゅみゅちゃんなのです。

私の、たった一人のお友達。

私の、たった一人の家族。

私の、たったひとつの宝物。

その子のことだけが気がかりです。

どうか、どうか、みゅみゅちゃんをよろしくお願いします。

心からのお願いです。

NPO法人　ありがとうの里　生活保護担当様

二〇一八年三月十三日　赤松波留拝

8

「遺書？　……これって、遺書ですか？」

亜樹は、思わず、その手紙を菊村さんに突き返した。

その生々しい怨念が、こちらに伝わってくるような気がしたからだ。

「そうです。遺書です」手紙を赤いバッグに戻しながら、菊村さんが表情を歪めた。

「じゃ、三代子さんと波留さんはお亡くなりに？」

「三代子さんはお亡くなりになりましたが、……波留さんは幸い、生き残りました。

あ、そしてトイプードルは、保護施設に保護されています」

「そうなんですか……」

なんて答えればいいのか分からず、ティーカップを弄んでいると、

「ニュース、ご覧になってないんですか？」

「え？」

「ですから、ニュースですよ」

そして、菊村さんは再び赤いバッグを探ると、今度は新聞の切り抜きを取り出した。

「こちらを、ご覧ください」

東京都武蔵野市緑町の民家で14日、女性の遺体が見つかった事件で、警視庁捜査1課と武蔵野南署は15日、遺体を住人の赤松三代子さん（55）と特定、三代子さんに対する殺人容疑で、無職の長女（28）を逮捕した。

殺人……！

体中に、悪寒《おかん》が走る。

亜樹は、思わず周囲を見渡した。そして、まるで自分が罪を犯した人のように、身を縮こまらせた。

なのに、菊村さんは変わらぬ口調で、

「今、波留さんは、勾留中《こうりゅう》です」

……やめてください。

亜樹は、小さく言った。

「え？　なんておっしゃいました？」

「だから、ここではそんな話、やめてください」

「どうしてです？」

――なんて無神経な人なんだ。赤松波留というのは、私の従妹にあたる人物だ。その人が、〝殺人者〟、しかも、母殺し。……そんなことが世間に知れたら。

……終わりだ。

亜樹が唇を噛みしめていると、

「ああ、そうですね。すみません。気がつきませんで」と、菊村さんがようやく察した。「では、場所を移しましょうか？」

「……どこに？」

「赤松さんのお宅に」

「え？」

「実は、今日は〝家〟のことについてもご相談がありまして、お呼びたてしたんですよ」

「家のこと？」

「処分するにしろ、保全するにせよ、波留さんに代わって管理する人物が必要ですからね。その役を、あなたに担ってもらえないかと」

「……でも、その家は、殺人現場なんですよね？」

「ご安心ください。もう、警察はいませんから」

「でも……」

「さあ、行きましょう。タクシーを待たせてあるんです。さあ」

菊村さんが、突然急かせるように、席を立つ。

亜樹も、それに釣られて席を立った。

9

その家は、三鷹駅からタクシーで十分ほどの、住宅街の中にあった。

「ちょっと、ここで待っていてくれる？」

そう運転手に伝えると、菊村さんは歳の割には機敏な動きでタクシーを降りた。

亜樹も、それについていく。

「さあ、この家ですよ」

菊村さんが指差したのは、いかにも建売住宅というような、どこかで見たことがあるようなありふれた家だった。

「さあさあ、どうぞ」

菊村さんは、赤いバッグから鍵を取り出すと、いかにも慣れた手つきで玄関ドアを開けた。

「波留さんの遺書に、合鍵も添えられていたんです。遺体をすぐに発見してほしかったんでしょうね。……さあさあ、どうぞどうぞ」

そんなことを言われても。

殺人が行われた家なのだ、なかなか足が進まない。

が、こんなところで立ち話を続けていたら、周囲に変だと思われる。亜樹は意を決して、中に入った。

……かすかに、線香のにおいがする。亜樹の体が、きゅっと硬直する。一方、

「ほら、綺麗なおうちでしょう？　殺人があったなんて、とても思えないでしょう？」

菊村さんは、どこか楽しげに言った。

確かに、壁も床も綺麗で、インテリアもセンスがあった。喩《たと》えるならばモデルルー

ム。

「三代子さん、毎日毎日、しっかり掃除していましたからね。築年数は結構たっているけれど、古さはまったく感じませんでしょう？」

「……ええ、そうですね」

「では、リビングをお借りして、ちょっとお話ししましょうか？」

リビングも、生活感ゼロのモデルルーム。どこか寒々しい。

亜樹は、花柄の布製ソファに、恐る恐る腰を落とした。

「では、単刀直入に申しますね」

菊村さんも向かいのオットマンに腰を落とすと、言った。

「あなたに、波留さんの身元引受人になってもらいたいのです」

「身元引受人？」

「はい。……波留さんの罪状は〝殺人〟ですが、事情が事情ですし、情状酌量は認められると思うんです。場合によっては、執行猶予がつくかもしれません」

「執行猶予――」

「いずれにしても、身元引受人が必要です。斉川さんのように、社会的地位のある方が身元引受人になれば、裁判でも有利になると思うんです、ですから、ぜひ――」

「社会的地位？」

「はい。だって、斉川さんは、御高名な脚本家でらっしゃいますよね？　そのような方が身元引受人となれば――」

冗談じゃない。波留という人にとっては有利かもしれないが、私にとっては、これほどの不利もない。

親族が殺人者。そんなことが周囲に知れたら、打撃は大きい。間違いなく、〝朝ドラ〟のシナリオからは下ろされる。他の仕事だって。

……自分がなにもしていなくとも、ちょっとした瑕疵《かし》をみつけては攻撃してくるのが今の世の中だ。そして、ライバルたちはここぞとばかりに、「お気の毒ですね」なんて言いながら、後釜に座ろうと準備をはじめる。干されていたときがまさにそうだった。北上との不倫がバレて、バッシングされて、テレビから干されて。そこから這い上がるまでに、どれだけの苦汁を舐めたことか。あんな思いは、まっぴらだ。

ああ、信じられない。

見たことも聞いたこともない従妹のせいで、私の人生が破壊される。

私だけじゃない。百香の人生も！

ああ、どうしたらいい？

私はどうしたらいい？　どうしたら？

「……いかがでしょう、斉川さん。ぜひ、波留さんの身元引受人に――」

菊村さんの首が、こちらに向かってのびてくる。揺れる、革細工のネックレス。

「今すぐ、ご決断ください」

今すぐ？　こんな重大なことを今すぐに決めろって言うの？

「タクシーを待たせてあるんで。今すぐに」

タクシーなんて、いくらでも待たせておけばいいじゃない。

「ダメですよ。待たせた分、料金がかかります」

そんなの、知ったこっちゃないわよ！

「ぜひ、身元引受人に——」

煩い、煩い、煩い！　今、考えているところなの、どうするか考えているところなの！

「身元引受人に——」

だから、黙って！

「身元引受人に——」

黙れ！

「身元引受人に——」

うるせぇ、ばばぁ！

亜樹は、衝動的に革のネックレスを摑んだ。

「身元引受人に――」

まだ言うか！

黙れ、黙れ、黙れ、黙れ、黙れ！


うぐっ。


そんなうめき声が聞こえたような気がする。

手が、焼けるように痛い。

見ると、両手に真っ赤な線が刻まれている。

「菊村さん？」

が、返事はない。

「菊村さん！」

亜樹の足下に、どさっと何かが崩れ落ちる。

「菊村さん！　しっかりしてください！」

が、その体からは、すでに呼吸は消えていた。

首に巻き付くネックレス。

「死んでる？　……嘘でしょう」

亜樹は、その場に崩れ落ちた。

（幕間）

「おやふひゃん……おやふひゃん」

遠くで、声がする。耳障《みみざわ》りな声だ。何を言っているのか、よく分からない。

「おやふひゃん……おやふひゃん」

煩いな。まだ眠いんだよ。起こさないでよ。

「おやふひゃん……おやふひゃん」

だから、煩いな。ほら、窓の外を見てみろよ。まだ、こんなに暗いじゃないか。

……え？

僕は、貼り付いたシールを剝がすように、激しく瞼を擦った。

……ここは？

見たことがない光景だ。

……病院？

……夢を見ているのか？

「お客さん、お客さん」

その声が、今度はやけにはっきりと聞こえてきた。

背中が、打ち上げられた魚のようにびくっと跳《は》ねる。

「お客さん、つきましたよ。三鷹市民病院につきましたよ」

……三鷹市民病院？

僕は、いまだ目を擦りながら、自分が置かれている状況を整理してみた。

どうやら、ここはタクシーの中。そして、窓の外には、煌々《こうこう》と光る「三鷹市民病院」というサインボード。

……えーと。

もたもたとしていると、

『ばあちゃんが、ばあちゃんが、危篤だ。早く来い』

父の声が、耳の奥で鳴り響いた。

再び、背中がびくっと跳ねる。

そうだ。ばあちゃん。ばあちゃんが、危篤だったんだ！　だから、タクシーを飛ばして、ここまで来たんだった！

僕は、慌てて鞄の中身を探った。財布を取り出しながら料金メーターを確認すると
……やっぱり、相当な料金だ。

僕は、一万円札を三枚、引き抜いた。

が、仕方ない。

でも、どこに行けばいいんだろう？　病院の前で僕は呆然と立ち尽くした。

腕時計を見ると、午前四時前。

病院の正面玄関は、いうまでもなく閉まっている。

父に連絡してみるか……とスマートフォンを取り出したところで、救急車のサイレンが聞こえてきた。「うん？」と意識を傾けるや否や、僕の視界に唐突に救急車のシルエットが飛び込んできた。

救急車が止まったのは、正面玄関の左横、「救命救急センター」という看板が掲げられた場所だった。

「あ」

僕は、咄嗟《とっさ》に顔を背けた。

そこに、父の姿を認めたからだ。

あちらもあちらで、見ちゃいけないものを見てしまったという風に、顔を向こう側に逸《そ》らした。

が、それは一瞬で、

「おーい、おーい、那津貴、こっちだよ！」

と、まるで子供を呼ぶように、僕を手招きする。

無視するわけにもいかず、僕は、そろそろと歩を進めた。

十二年ぶりだ。どんなふうに顔を合わせればいい？　なんて言えばいい？　などと考えている間に、父のほうから、こちらに近づいてきた。

「ばあちゃんは？」

僕は、父からなにかを言われる前に、言葉を繰り出した。きっと、「遅い」とか「なにやってた」とか、そんな責めの言葉が飛んでくるに違いなかったからだ。それがいやで、僕は父を避けてきたところがある。

この人は、いつでもそうなのだ。いつでもどこでも自分が最も正しくて、間違っているのは自分以外の人間だと、思っている。

それにしても。

よく、僕が到着する時間が分かったな。特に、連絡もしなかったのに。

それとも、あれからずっと、ここで僕のことを待っていたんだろうか？

「煙草を吸っていたら、タクシーが見えた。那津貴に違いないって」

父は、僕の疑問にシンプルに答えた。

見ると、確かに、父が立っていた場所にはスタンド型の灰皿がある。

なるほど、ここで時間を潰していたというわけか。

この人は昔からそうだ。手に負えない面倒な場面に立ち会うと、逃避を試みる。煙草という言い訳を盾に。

そういうところも、嫌いだった。人生を左右する重要な局面でも、父親は煙草を片手に必ず逃げる。あのときだって——。

母の取り乱した顔が浮かんできて、僕は頭を軽く振った。

「で、ばあちゃんは？」僕がぶっきらぼうに訊くと、

「うん、今、集中治療室《ICU》だ」と、父もまた、ぶっきらぼうに答える。

「意識は？」

「ない」

「じゃ……」

「安心しろ。今すぐに死ぬような状態からは、脱した」

「でも、危篤って」

「ああ。数時間前まではな。心肺停止したんだ」

「え？　心臓が止まったの？」

「そうだ。でも、蘇生措置が施《ほどこ》されて、命はとりとめた。……一応はな」

「……そうか。よかった」

「依子《よりこ》は？」

「え？」

依子とは、母の名前だ。つまり、父にとってはとっくの昔に別れた元妻だ。なのに、〝依子〟などと、気安く呼びやがって。

憮然とする僕に、

「タクシーが見えたから、てっきり依子も一緒だと」

「母さんには、まだ連絡してない」

「そうなのか？」

「当たり前だろう。だって――」

僕たちは、目も合わさずに、そんな質問と答えのやりとりを続けた。

ひときわ冷たい風が、通りすぎる。

「とりあえず、中に入ろう。……これはお前のカードだ」

父が差し出したそれは、父が首から下げているものと同じだった。「ゲスト」と印刷された、カード。……この人、こういうところは用意周到だ。これは、職業柄か。

「さあ、中に」

しかし、父はロビーまで来ると、

「ちょっと、一眠りするから、お前、一人で行ってくれ」

出たよ。いつもの逃避モード。

「一人で行けって。……どこに?」

「八階だ。八階に行けば、エレベーターホールに誰かいるから。聞いてくれ」

父は僕を遮断するかのように、ソファに身を投げた。そして、「とっとと行け」と言わんばかりに、右手でエレベーターを示した。

あのときとまったく同じだ。

あのときも、父は一人、ソファに身を横たえた。そして、狸寝《たぬき》入りを決め込んだ。目の前では、修羅場が繰り広げられているというのに。自分の妻が、半狂乱で暴れているというのに。「殺してやる。私も死んでやる」と、泣き騒ぐ母を尻目に、父は、一人バリアを張り巡らせた。

あのとき、ばあちゃんがいなかったら、母は本当に死んでいただろう。あるいは、父を殺していただろう。

「ごめんなさい、本当にごめんなさい! 私が悪いのよ、私が!」

ばあちゃんは、そう言って、母にすがりついた。

そのときの母の言葉が、忘れられない。

「義母《おかあ》さんがそんなふうに甘やかすから、この人はこんな人間になったんじゃないんですか？　違いますか？　私、間違ってますか？」

ばあちゃんは、なにも言わなかった。

父は、相変わらずの狸寝入り。

僕だけが、「母さんは、間違ってない」とひとり頷いた。

＋

父の言う通りだった。八階につき、エレベーターの扉が開くと、エレベーターホールには背広姿の男が二人、うなだれるように座っていた。

その一人が、はっと体を起こした。

オールバックの中年の男だ。某人気刑事ドラマを思い出した。十五年以上続く、長寿番組。その主人公を真似たわけではないだろうが、雰囲気が似ていた。

「あの。……菊村藍子さんのご家族の方ですか？」

オールバックの男が、懐から手帳を取り出しながら言った。そして、その手帳をおもむろに僕のほうに向ける。

へー、これが警察手帳というやつか。テレビで見るのと、ちょっと違うんだな。でも、これが本物かどうかは分からない。なにしろ、本物なんて見たことがない。

「これが本物だよ」とばかりに、オールバック男が手帳をぐいぐいとこちらに近づけてくる。

はいはい、分かりました、分かりました。

僕は、警察手帳を押し戻すように、少々声を上げて言った。

「警察の方ですか？」

「はい。武蔵野南署の者です。……で、あなたは？」

「孫です。菊村藍子の孫です」

「ああ、あなたが。お父さんがしきりに電話していたのは、あなただったんですね」

「ええ、まあ」

「お父さんは？」

「下のロビーにいます。ちょっと、横になるって」

「そうですか」

「ところで、何がどうなっているんでしょう？　ばあちゃん……祖母が危篤だっていうから、駆けつけたんです。首を絞められたとかなんとか。……どういうことなんでしょう？　まったく、話が見えません。いちから説明してください。いったい、何があったというんですか？」

僕は、たちの悪いクレーマーのように声を張り上げた。睡眠不足のハイテンションのせいだ。

「お父さんからは、なにも？」

「だから、首を絞められた……としか。いったい、誰に首を絞められたんですか？そして、なぜ、絞められたんですか？」

僕は、さらに声を張り上げた。

まあまあ、落ち着いて……とばかりに、いつのまに起きたのかもう一人の男が、ソファに座るように促す。

丸坊主の年配の男だった。一見、ヤクザの幹部に見えなくもない。道でばったり出会ったら、つい、道を譲ってしまうだろう。そんなただならぬ威圧感が体中から立ち上っている。が、たぶん、この男も刑事に違いなかった。

「経緯を説明しますと、こういうことです」

丸坊主男が、静かに説明をはじめた。その形《なり》とは裏腹の、滑らかで優しい声だった。

その声を聞いているうちに、僕の感情も、徐々に落ち着いていった。

僕は、坊さんの説教を聞く熱心な信者のように、その男の話に耳を傾けた。

——と、いうわけです。

話に入り込んでしまったせいか、話が終わっても、僕はぼぉぉっとどこか一点を見つめ続けた。

「……というわけです」

念を押すように、丸坊主男が繰り返した。そして、「なにか、質問はありますか？」

「あ、はい。あります」

僕は、とりあえずそう返事をした。こういう場合、「ありません」というのが定石かもしれないが、疑問はたくさんあった。

「つまり、ばあちゃん……祖母は、武蔵野市にある〝赤松〟さんの家のリビングで倒れていたんですね？」

「そうです。二十二日午後四時頃、近所の人が見つけて、110番通報しました」

「なぜ、110番なんです？　普通、人が倒れていたら119番ではありませんか？　なにかの小説で読んだことがあります。119番ではなくて110番通報するのは、その人が犯人である可能性が高いって」

「それは、小説でしょう。実際は、110番通報することも多いんですよ。119番よりも、110番のほうが咄嗟に思い浮かぶ番号ですからね。激しく動揺していればなおさらです」

「なるほど。じゃ、その第一発見者は、なぜ、〝赤松〟さんの家に？　リビングまで

んです」

「その人は、赤松さんの隣人でしてね。日頃から、赤松さんを気にかけていたような

わざわざ？」

「なぜ？」

「まあ、色々ありまして――」

丸坊主男は、言葉を濁した。もしかしたら、事件の真相を知る上での重大な情報なのかもしれない。視線を不必要にあちこちに飛ばしながら、丸坊主の男は言った。

「いずれにしても、今、赤松さんの家は、空き家となっています」

「空き家？　なら、なおのこと、どうしてその隣人は赤松さんの家に？」

「空き家なのに、人の気配がするのが、気になったそうです」

「人の気配？」

「赤松さんの家と隣の家は、そう離れていません。細い道を挟んだだけの距離です。赤松邸のリビングは、隣の家のリビングからまる見えなんだそうです。といっても、リビングの窓にはレースのカーテンが引いてあるので、向こう側からもこちら側からも、実際は〝まる見え〟というわけではありませんが。で、その人がリビングでテレビを見ていると、なにやら、車の音がした。車はどうやら、隣にとまったようだ。なんだろう？　とは思ったが、しばらくは静観。が、やっぱり気になってレースカーテ

ン越しに隣の家を見てみると、今度は人影が見えた。……それで、隣人は、ますます気になったそうです。もしかして、空き家荒らしか？　と。それで、恐る恐る、赤松邸を訪れてみたんだそうです。なにしろ、狭い道路をひょいと越えれば、赤松邸のリビング」

「なるほど。直接、リビングに行ったと」

「そうです。そして、レースのカーテン越しに、誰かが倒れているのを発見。呼びかけてみるも、返事はない。怖くなり、１１０番通報したそうです」

「それで、警官が赤松さんの家にやってきて――」

「はい。最寄りの交番から警官が二名、駆けつけました。そして倒れている菊村さんを発見したというわけです。……あ、菊村さんだと分かったのは、バッグの中に健康保険証があったからです。他にも、携帯電話もありましたので、そこから息子さん……あなたのお父さんの番号を確認し、そして連絡したという次第です」

「そのとき、心臓は？」

「え？」

「発見時、祖母の心臓は、もう止まっていたんですか？」

「いえ。現場に駆けつけた警官によると、微かに脈はあったとのことです。それで、ただちに救急車を要請し、この病院に運んだというわけです。が、ここに到着して三時間後、心肺停止。蘇生措置が施されて、なんとか命をつなぎ止めることはできましたが……。我々武蔵野南署の者と、お父さんがここに到着したのが、ちょうどその頃です。……以上が、これまでの経緯です。納得いただけましたか？」

「ええ、まあ――」

「他にも何か？」

「なんで、祖母は、その赤松さんの家に？」

「そこはまだ、よく分かっていません。菊村さん本人に聞いてみないことには」

「その隣人が見た人影は、一人だったんですか？　赤松さんの家にいたのは……祖母だけだったんですか？」

「いや、そこもまだはっきりしていません」

丸坊主の男は、またもや言葉を濁した。

「祖母だけってことはないですよね。首を絞めた誰かもいたはずです。ということは、祖母は、その誰かと、赤松さんの家に上がった――」

「まあ、そうなりますね」

丸坊主男は、これ以上は立ち入るな、ここから先はこちらの仕事だ……とばかりに、口を閉ざした。そして、ソファの背もたれに体を預け、目を閉じた。

この人も、狸寝入りか。

僕は、ふと、隣のオールバック男に視線を送った。

が、オールバック男はすでに、寝ている。鼾《いびき》が少々煩い。

この人は、本当に寝ているようだ。

なんなんだよ。みんなして、寝ちゃってさ。

途方に暮れていると、

「あの。菊村さんのご家族の方ですか？」

と、白衣の女性から声をかけられた。ネームプレートには「看護師」とある。

「ああ、そうです。菊村藍子の孫です」

僕は、迷子になった子供のように、涙声で答えた。……本当に、涙が出たのだ。どうしてか分からない。寝不足による変なハイテンションが、涙腺を刺激したようだ。

「ばあちゃんは、ばあちゃんは、大丈夫なんでしょうか？」

僕は、いつのまにか、みっともなく泣きじゃくっていた。戸惑いながらも、看護師は教えてくれた。

「この角の部屋……八〇一号室にいらっしゃいますよ。今は、薬で眠っていますが、安定はしています。……ご面会、されますか？」

看護師に案内されたその部屋は、ガラス張りだった。ガラスの向こう側、数本のチューブに繋がれた状態でベッドに横たわる姿が見える。

……あれが、ばあちゃん？

まるで、別人だった。顔がパンパンに腫れて、真っ白で、水死体のようにも見えた。

ベッドの横には、大きなディスプレイ。モニターと呼ばれるものだろう。そこにはいくつかの数字が表示されている。……たぶん、脳波とか血圧とか脈拍とか、そういった数字なのだろう。確かに、その数字は安定しているように見えた。

「……ばあちゃん？」

僕はベッドに近づくと、ほとんど無意識に、その手をとっていた。

まるで冷たい。そして、蠟燭《ろうそく》のように硬い。人間の体というのは、ここまで冷たく硬くなるものなのか。……もしかして、死んでいる？

が、モニターに表示されている数字は、生きていることを示していた。

「血圧がかなり下がっていますので、今は冷たくなっていますが――」

看護師がなにやら説明をはじめた。

が、「ぴっぴっぴっ」という警告音が気になって、耳に入ってこない。

「なんですか、この音。なにかヤバいことになっているとか？」

「少しでも不整脈が出るとこの音が鳴ります。念のために鳴るだけですので、ご心配なく」

心配ない……と言われても。この警告音は、ひどく感情をかき乱す。心配ないなら、もっと穏やかな音にするべきではないのか？

「この音は気になさらないでください。……ほら、もう止まりましたので」

確かに、音は消えた。

が、僕のモヤモヤは消えない。

これじゃ、なんのための警告音だ。まるで、『狼と少年』だ。本当に危険を知らせる警告音だったとしても「いつものやつだ。気にするな」と無視するつもりか。

「……それで、ご家族は、これで全員ですか？」

看護師が、クリップボードに挟んだ書類になにか書き込みながら、質問してきた。

「え？」

「ですから、菊村藍子さんのご家族です。息子さんと、お孫さんで全員ですか？」

「あ、いや――」

じいちゃんは、とっくの昔に死んだ。僕が生まれる前だ。そしてばあちゃんには、兄弟はいない。子供も息子……父だけだ。

「それじゃ、あなたのお母さんは？」看護師が、そんなふうに問いかけているようにも思えて、僕は、軽く首を振った。

やっぱり、母を呼ぶべきだろうか？　いや、僕の記憶では、ばあちゃんと母は決して仲がよくなかった。母は今でも、ふとした機会にばあちゃんの悪口を漏らすほどだ。……でも、こんなときだ。母も呼んだほうがいいのだろうか？

いや、待て。父の再婚相手はどうした？　今のところ見かけないが、これから来るとしたら、母は呼ばないほうがいいかもしれない。元妻と現妻が鉢合わせしたら、大変なことになる。なにしろ、父と母が離婚したのはその女のせいだ。そう、母は、父の不倫相手に父を奪略されたのだ。そのときの修羅場は、今でも僕の中にトラウマとして刻まれている。

「あとは、父の奥さんです」

僕は言った。

「あなたのお母さんですか？」

「違います」

看護師の顔が、少し歪んだ。が、すぐに元のポーカーフェイスに戻ると、

「そうですか。……いずれにしても、ご家族が全員揃いましたら、お報せください。担当医からお話があります」

「話？」

「はい。今後の治療方針についてです」

「はい。担当医から説明がありますので、ご家族全員で話し合って結論を出していただくようになります。……なので、ご家族が揃いましたら、ご連絡ください」

そして、看護師は軽く会釈すると、その場を立ち去った。

ガラスの向こう側、例の二人がこちらを覗き込んでいる。丸坊主の男とオールバックの男。武蔵野南署の刑事たちだ。やっぱり、あの二人、狸寝入りだったか。

彼らの関心ごとは、ベッドに横たわっている患者の生死に違いない。助かるのかそれとも死ぬのか。つまりそれは、殺人未遂なのか殺人なのか……ということだ。

文字にすれば、たった二文字の違いだ。が、この二つには、大きな隔《へだ》たりがある。未遂なら執行猶予もつくだろうが、殺人ともなれば実刑は免れない。なにより、警察の動きも違ってくる。いずれにしても、ばあちゃんからの証言が彼らには重要だ。死ぬとしても、その前に犯人逮捕につながる証言がほしいと思っているのだろう。そう。警察にとって、未遂でも殺人でも、どちらでもいいのだ。犯人を逮捕し、犯人が起訴されれば、仕事をひとつ処理したことになる。

「もし、このまま植物状態になったら、どうなるんだろうな……？」

僕は、ばあちゃんの手を摩《さす》りながらひとりごちた。

「犯人は捕まらずに、迷宮入りすんのかな……」

と、ここまで思ったとき、ばあちゃんの手が反応をみせた。

「ばあちゃん?」

僕は、声を上げた。

「ばあちゃん、聞こえる? 僕だよ。分かる?」

ばあちゃんには、僕の声が聞こえているようだった。微かに、唇が動く。が、口の中に押し込まれているチューブが邪魔してか、言葉にはならない。

「ばあちゃん? ばあちゃん?」

ばあちゃんは、何か僕に言おうとしている。あるいは、なにか夢を見てうなされているだけなのか。目は相変わらず、閉じたままだ。

「ばあちゃん? ばあちゃん? 起きているの? 寝ているの?」

質問すると、ばあちゃんの首が小さく動いた。

その首は赤黒く鬱血《うっけつ》し、痛々しい。よほど強く絞められたのだろう。もしかしたら、そのせいで、言葉が出ないのかもしれない。

それでも、ばあちゃんは懸命に言葉を出そうとしているように見えた。

僕は、ばあちゃんの皹《ひび》だらけの唇をみつめた。

やっぱり、何かを言おうとしている。

「なに? なんて言っているの?」

僕は、さらにばあちゃんの唇を凝視した。
音にはなっていないが、確かに、なにか言葉を作ろうとしている。
それは、なにか、単語のようだった。
四文字の単語。
ばあちゃんは、その四文字を懸命に口の動きだけで伝えようとしている。
その動きを追っていると、
お　お　か　み
という単語が、僕の中に浮かんできた。
「おおかみ？　……狼？」
僕が言うと、ばあちゃんの手が再び反応した。僕の手を握り返してきたのだ。
「ばあちゃん、〝狼〟って言いたいの？」
ばあちゃんの手が、「そうだ」というように、またもや反応する。
狼。
そういえば、僕が小さい頃、ばあちゃんはよく言っていた。
「どんなに立派な家を作っても、結局は狼が全部壊しちゃうのよ」
いったい、それはどういう意味だろう？　小さい僕は質問してみたことがある。
すると、ばあちゃんは言った。

「狼はね、案外、近くにいるものなのよ。だから、あなたも気をつけなさい」

＋

僕は、いつのまにか一階のロビーのソファで眠っていた。

いったい、いつどうやってここまで来たのかはまったく覚えていない。気がついたら、父の顔が視界いっぱいに広がっていた。

「おい、起きろ」

腕時計を見ると、午前八時になろうとしている。

なんだろう？　なにか、夢を見ていた気がする。短い夢だ。小さい頃、ばあちゃんが読んでくれた、絵本の夢。あの絵本は、なんて言っただろうか。……ああ、そうだ。『三匹の子豚』だ。ばあちゃんは、どういうわけか、あの絵本を繰り返し読み聞かせてくれた。僕はもっと違う話もリクエストしてみるのだけれど、ばあちゃんはそれを無視して、必ず『三匹の子豚』を僕に聞かせるのだった。

ぼんやりとそんなことを思い出していると、父が缶コーヒーを僕の膝に載せた。それはほどよく温かくて、冷えきった僕の体をじわりとほぐしてくれる。

「ばあちゃんは？」

僕は、目を擦りながら、聞いた。

「うん。一応、安定している」

安定とは、つまり、モニターの数値のことを指しているのだろう。

「そうか。よかった。……あ、そうだ。家族が揃ったら、担当医から話があるって」

僕は、看護師の言葉を思い出しつつ、それを父に伝えた。

「ああ。分かっている」

「家族って。……どこまでのことを言うんだろう？」

「え？」

「ばあちゃんには、兄弟もいない。そういえば、親戚の話も聞いたことがない。夫も随分と昔に死んでいる。つまり、生きている家族は、僕たち二人だけってこと？」

「…………」

「それとも、母さんも呼んだほうがいい？」

無論、そんな気持ちはさらさらなかった。でも、父の反応を見てみたかった。元妻のことをどう思っているのか。あんな残酷な形で捨てたかつての妻のことを。

もしかしたら、いつもの逃避モードに入るか？　と思ったが、

「あいつは、元気か？」

と、父は、特に動揺もみせずに言った。

なんだろう。ちょっと、傷つく。

「……持病のリウマチが、ちょっとひどくなっている」

それは半分本当で、半分嘘だった。リウマチ持ちではあるが、ここ数年は寛解状態だ。仕事にも精を出していて、元気はつらつだ。が、なぜか、本当のことは言いたくなかった。母は、あんたのせいで未だ病の中にいる。今も苦しんでいる。そう思わせたかった。

「そうか」

が、父は、そう言ったきりだった。その顔には反省の色など少しもない。

「……母さんも、呼んだほうがいい？」

なにか悔しくて、僕は再度、心にもないことを言ってみた。こうなると、昔の男に未練タラタラな女の様相だ。

「そうだな……」

父は、言葉を濁した。そして、

「依子は今、何している？」

などと、微妙に論点をずらした。

「え？」

「だから、仕事だよ。まだ、あの仕事をしているのか」

「うん。なんだか性に合っているって」

「そうか。……しかし、なんだってあんな大変な仕事を」

「大変な仕事だからじゃないか？　あんたのことを忘れるために」

それも、半分真実で、半分嘘だった。父に捨てられた母は、一時、酷い塞ぎようだった。でも、根は明るくて社交的な薩摩《さつま》おごじょの母だ。塞ぎ込んでばかりもいられないと、就職活動をはじめた。求人サイトに載っている会社に片っ端から応募するも、すべて不採用。ようやく採用されたのが、今の会社だ。その職種にはある種の資格も必要だったが、それも十日ほどで難なく取得した。そのときの母はなにやら輝いていた。だから、僕も特に反対はしなかった。反対などできるはずもなかった。その当時、僕は就職浪人中で、母の臑《すね》をかじっていた状態だった。だから、むしろ、母が就職してほっとした。……これで、なんとか生活ができると。

「で、お前はどうなんだ？」

父は、今度は僕のことを訊いてきた。

「七年前だったかな。電話したとき、就職活動が難航しているって」

ああ、そうだ。僕が就職活動をはじめた頃は、リーマンショックの後遺症で景気が悪かった。しかも、震災まであって……。僕はなかなか内定がもらえないでいた。いや、父のコネを使えばあるいはどこかに滑りこめたんだろうが、それじゃ、いくらなんでも惨めだった。だから、僕は、非正規であちこちの会社を転々とするほうを選んだ。

そして、五年前。ようやく、今の会社に落ち着いた。正社員として。

「小田原に本社がある健康食品会社の営業をしているよ」

「そうか」

父が、なにやら同情の色を滲ませた。

「結構大きな会社だよ。テレビショッピングでも有名な会社で、先月なんて一時間で一億円の売り上げだ」

「そうか」

「給料だって、なかなかいい。手取りで、三十万はもらっている」

「そうか」

「来月には、課長になるんだ。もう、内示は出ている」

「そうか」

僕が言えば言う程、父の眼差しが柔らかくなっていく。それは、息子の成長を喜んでのことではなく、明らかに、憐れみの眼差しというやつだ。そう、雨に濡れた犬を見つめる眼差しだ。

これ以上続けたら、ますます惨めになる。

僕は、話題を引き戻した。

「やっぱり、母さんも呼んだほうがいい？」

「いや」

父は、きっぱりと言った。

「うちのやつが、もうすぐ到着する」

〝うちのやつ〟というのは、今の奥さんのことだろう。その人がもうすぐここに来るから、元妻は呼ぶな。そう、父は言いたいのだ。いつもは、こういう面倒なことから逃げることしか考えない男だが、このときだけは、はっきりとした意思を表示した。

「呼ぶな、あいつは呼ぶな」と。

無論、それは、さらなる面倒を引き起こしたくない一心からだったのだろう。

でも、僕はムキになった。ソファから立ち上がると、

「でも、母さんだって、家族のようなものじゃないか。あんたとは縁が切れたのかもしれないけど、僕の母であることに違いはない。つまり、ばあちゃんにとっては、孫の母親だ。れっきとした家族だよ」

「いや、でも、だから――」

「看護師さんは言っていたよ。〝家族〟が揃ったら、呼んでくれって。担当医師から説明があるって。つまりそれは、〝家族〟が揃うまでは呼ぶなってことだよ。担当医

師からの説明もないってことだよ！」

「おい」

父の両手が、僕の肩をむんずと摑んだ。

見ると、ロビーにはいつのまにか人がたくさん集まっていて、そのみんなが、僕のことを遠巻きに見ていた。

「落ち着け。……いいから落ち着け」

僕の肩を摑んだ父の手に、さらに力が入る。僕は、木槌で叩かれた杭のごとく、ソファに沈みこまされた。

例の二人の刑事が唐突に現れたのは、まさにそんなときだった。

「お取込み中、すみません」丸坊主の男とオールバックの男が、手帳を片手に父の後ろに立った。

「ちょっとお聞きしたいことが――」

その名前を出されたとき、父の表情が曇《くも》ったことを僕は見逃さなかった。

二人の刑事もまた、同じだった。

「イシザカフタバさん、そしてイシザカフユさんをご存じなんですか？」

父は答えなかった。

その代わりに、僕が質問した。

「その二人は、なんなんですか？　事件となにか関係するんですか？」

〝事件〟という単語に、ロビーの人々が反応した。またもや、あちこちから矢のような視線を浴びる。

僕は、声をひそめると、改めて質問した。

「イシザカフタバ、イシザカフユって、誰なんですか？」

「いや、それはこちらが知りたい」

オールバックの男が苦笑いする。そして、

「菊村藍子さんのバッグの中に予定帳があったのですが。そこに、イシザカフタバ、イシザカフユの名前がありまして。特に、イシザカフタバという人に、頻繁に会いに行っているようなのです。小金井《こがねい》の病院に入院している人らしくて――」

2幕

昔々、あるところに、三匹の子豚がいました。

一番上の子豚は、ひーちゃん。

二番目の子豚は、ふーちゃん。

そして末っ子の子豚は、みっちゃん。

三匹は森の奥の小さな家で、お母さん豚と仲良く暮らしていました。

ところが、ある日のことです。

お母さん豚は三匹に向かってこう言いました。

「あんたたちは、そろそろ独立する年頃だよ。さあ、この家から出ておゆき。そして、それぞれ、立派なお家を作るんだ。お母さんは、見ているからね。あんたたちが立派なお家を作るところを。一番立派なお家を作った子に、お母さんの宝物をあげるからね」

「お母さんの宝物？」

一番上のひーちゃんが、声を弾ませました。

「お母さんの宝物をいただけるの？」

それまでめそめそと泣いていた二番目のふーちゃんの目も、輝きました。

ところが、その夜、二番目のふーちゃんは熱を出してしまいました。

「お母さん、お母さん。……やっぱりイヤです。この家にずっといたいです。お母さんとずっと一緒にいたいです」

「ああ、ふーちゃん、あんたはまた、熱を出してしまったんだね」

「はい。身体中がだるくて、いうことをききません。こんな状態では、独立なんてとてもできません。だから、このまま、お母さんのそばにいさせてください」

「ふーちゃん。あんたはなんで、いつもそうなんだろうね」

「お母さん、お母さん、どうか、このままお母さんのそばで……」

「ああ、可愛いふーちゃん。あたしは、あんたが一番可愛いんだ。あんたに宝物をあげたいと思っている」

「それは、本当ですか？」

それまでの熱が嘘のように、ふーちゃんは飛び起きました。

「ああ、本当だよ。だから、一番立派なお家を作っておくれ。お姉ちゃんより妹より、立派な立派なお家を作っておくれ」

「わかりました。きっと、あの二人よりも立派な家を作ります。……どんな手段を使っても」

そう言うと、二番目のふーちゃんは、家を出て行きました。

10

今度の日曜日、予定どうかな？

横浜にいいレストランをみつけたんだ。

海を見たいって言っていただろう？

行ってみないか？

返事を待っている。

石坂布由《いしざかふゆ》はふと、視線を上げた。

向こうの壁の時計は、十二時四十三分。

いったい、どういう思惑なのか、あの時計は三分進んでいる。ということは、四十分。そろそろかな。布由は、袖引き出しの上段から、ポーチを取り出した。そして、おもむろに椅子から体を浮かせる。が、

「布由ちゃん」

呼ばれ、声の方向を見ると、デスクの向こう側から林部長《はやし》が険しい顔でこちらを見ている。

「布由ちゃん、午後一で客が来るから、お茶を用意しておいて」

「はい。承知いたしました。お茶は、どれを……？」

「そんなの、自分で考えてよ」

言い捨てる林部長。布由は、「かしこまりました」と頭を下げると、今度こそポーチを抱えて、席を立った。

が、はっと思いだしたかのように、席に座りなおすと、パソコンのキーに指を置いた。


今度の日曜日、空いています。

海？　横浜？　素敵ですね！

今からとても、楽しみです。

＋

「あれってさ、セクハラだよね、一種の」

トイレの洗面台前、契約社員のヤマザキさんが後ろからぬーっと現れる。

布由は、慌てた。というのも、契約社員がこの洗面台に現れるのは十二時五十分と決まっているからだ。腕時計を見ると、案の定、十二時五十分。あと五分もすれば、正社員たちがこぞって、ポーチを抱えてやってくる。その前に派遣社員である布由はすべてのことを終わらせて、職場に戻らなくてはならない。

「あ、すみません」

布由は、口の中に入れた歯ブラシを、急いで抜いた。

「やだ、慌てなくていいよ」

ポーチの中から歯磨きセットを取り出しながら、ヤマザキさん。「ゆっくりでいいよ」

ゆっくり？　そんなことできるはずないと、契約社員のヤマザキさんならよくよく承知しているはずだ。ヤマザキさんだって、あと五分後には、この場所を正社員に譲らなければならない。

布由は急いで水を含むと、口の中の泡を簡単にゆすいで吐き出した。そして、なにかのダンスのステップのようにその場所から飛び退くと、ヤマザキさんに譲る。

鏡の前に来たヤマザキさんは、手際よく歯ブラシに歯磨きクリームを押し出しなが

ら、

「ほんと、あれって、セクハラだよね」

と、先ほどの言葉を繰り返した。

「だって、石坂さんのこと〝布由ちゃん〟って」

「セクハラ？」

「ああ、林部長……」

「下の名前で呼ぶなんて、立派なセクハラ」

「……そうですね」

「チクってやればいいのよ」

「チクる？」

「そう。人事部のセクハラ対策室に」

「セクハラ対策室？　そんなの、あるんですか？」

「うん。私がここに来たときにできたから、……今年で二年目になるかな？」

「そうなんですか……」

「私が、言ってあげようか？」

「え？」

「石坂さんが、上司にセクハラされています……って」

「いえ、そんな」

「石坂さん、イヤじゃないの？　あんなきもいおっさんに布由ちゃんなんて呼ばれて」

「……」

「私は、イヤだな。チキン肌になっちゃう」

「でも、そんなことで騒いでも……」

「そんなことで？」ヤマザキさんの目がぎろりと光る。「ああ、イヤんなっちゃう。日本の女って、これだからさ。犯罪はね、小さい芽のうちに摘んでおかないと、どんどん大きく成長するもんなのよ」

「でも」

「それとも、まんざらでもないの？　あんなふうに呼ばれて」

「……」

「そうか。イヤじゃないんだ。だったら、ごめん。余計なお世話だったね。本人がイヤじゃなかったら、セクハラじゃないよね」

「……っていうか」

「へー、意外だったな、石坂さんの趣味が、あんなおっさんだったなんて」

「……いえ、その」

「ごめん、ごめん、野暮なこと言っちゃってさ」

鏡越しのヤマザキさんが、軽蔑しているような、それともバカにしているような視線で、こちらを見る。

その視線に耐えかねて、ふと視線をはずすと、背後から「あのドラマ、どうなるのかしらね〜」「わたしは、ああいうストーリーは苦手。ツッコミどころ満載」「そんなこと言いながら、あなたが一番熱心に見てるじゃない」などと、がやがやとかしましい話し声が聞こえてきた。……食堂でテレビを楽しんでいた正社員たちのお出ましだ。

腕時計を見ると、十二時五十四分。いけない。もう、戻らないと。

「あ、じゃ、お先に失礼します」

鏡越しにぺこりと頭を下げるが、ヤマザキさんは歯磨きに夢中で、応えない。

布由は、逃げるようにその場をあとにした。

十二時五十五分。本来ならばまだ昼休憩中だが、布由はポーチをデスクの定位置にしまうと、小走りで、給湯室に向かう。

給湯室には、先客がいた。正社員の高峰《たかみね》さんが、いつものマイカップにお茶を淹れている。

高峰さんの年齢は分からないが、たぶん、かなりの古参だろう。いわゆる、お局様。

布由は、軽く会釈すると、食器棚の扉を開けた。棚の中には、ティーカップのセットと日本茶用の湯呑みセットが、一通り並んでいる。続いて、引き出しを開ける。その中には色とりどりの茶筒が並んでいる。

「布由ちゃん、午後一で客が来るから、お茶を用意しておいて」

部長は、確かにそう言った。上得意の相手ならば、「お客様」と言うだろう。が、「客」と雑に言った。たぶん、下請けの取引先だろう。部長は、正直なところがある。どんなにオブラートに包んでも、内にある本音の部分があからさまに表れてしまうのだ。

布由は、迷わず、緑茶のティーバッグを手にした。近くの量販店で売られていた特売品だ。布由が、先週、購入したものだ。そして、部長のいつもの湯呑みと、続けて使い捨ての紙コップとホルダーをそれぞれひとつずつ取り出す。

「なんで？　なんで、お客さん用の紙コップ、ひとつなの？」

高峰さんが、マイカップでお茶を啜りながら、訊いてきた。

「部長は、客が来るから……としか言ってなかったよね？」

やっぱり、聞いていたか。

「はい。午後一でいらっしゃる取引先は、M社かS社がほとんどです。この両社は、必ずお一人なので。もし、それ以上いらっしゃる予定ならば、部長は〝客たち〟とおっしゃるでしょうし」

「なるほどね。あんな適当な依頼で、そこまで読むか。……あなた、仕事できるね」

「いえ、そんな。……私、頭、悪いですから」

「まあ、確かに、頭の回転はイマイチね。でも、頭が悪いぐらいが、ちょうどいいよ」

高峰さんは、こういうところがある。言葉が直接的すぎるのだ。たぶん、それがなにかしら影響しているのだろう、正社員で古参のくせに、この人の周りには人はあまりおらず、仕事もなにをしているのかよく分からない。……いわゆる、窓際だ。

「あなたの前に働いていた派遣さんは、頭はいいんだけど、全然、気が回らない人で。しかも、やたらと意識だけは高くてね。お茶なんて頼んだら最後、『派遣会社に訴えてやる』だからね。そして、実際、訴えた。契約以外の仕事をさせられた……ってね。それだけじゃなく、セクハラ対策室にも駆け込んで。女性にお茶汲みさせるのは、セクハラだ！　とかなんとか言ってさ。あげく、労働基準監督署にも訴えてやるなんて言い出すから、ほんと、手に負えなかった。面倒くさいから、残りの契約期間の三ヶ月、適当な仕事を与えて、それで辞めてもらった」

「適当な仕事って?」

「うちの会社の社史。百周年のときにつくった全二十巻の分厚い本を、写させた。手書きで」

「写経みたいですね」

「『赤髪連盟』って言ってよ。これ、私の案」

「赤髪連盟?」

「シャーロック・ホームズよ。知らない? ミステリーの定番」

「……ああ、すみません。ミステリーはあまり――」

「いいわよ、なにも謝ってもらわなくても」

高峰さんは、肩をすくめると、マイカップを啜った。そして、さっさと自分の仕事に戻りなさい……とばかりに、顎をしゃくった。

あ、この仕草。

布由の記憶の奥が、むずむずと蠢《うごめ》く。

(ママ……)

布由は、その影を払うように、頭をふった。

＋

「いいわよ、なにも謝ってもらわなくても」

その帰り道、ママが、大袈裟なため息をつきながら、顎をしゃくった。

「ごめんなさい、ごめんなさい、ごめんなさい、ごめんなさい！

でも、わたしは謝り続けた。「ママ、ごめんなさい……！」

次は、ちゃんとやるから、次は！」その手でママのスカートを摑むも、

「次なんて、ありません！　あなたのせいで、次なんか、ありません！」

わたしの手を振り払う、ママ。なおも、すがりつく、わたし。

「ママ！　本当にごめんなさい！」

「もう、いい。謝ってもらっても、もう遅いの。あなたのせいで、もう、私たち、生きていられない。死のう。私たち、死のう」

「ママ、ママ、ママ！」

「だって、しかたないじゃないの！　あなたのせいで、パパを失望させてしまったのよ。私たちはパパに見捨てられるの。どのみち、生きていられないのよ！」

「ママ、ママ、お願い、許して！」

「だめよ、死のう。もう、生きていられない、死のう」

そして、ママの歩みが、ふと、止まる。

どこをどう歩いてきたのか、そこは橋の袂《たもと》だった。……海？　海の香りがする。が、視界は真っ暗で、そこがどこかは、よく分からない。でも、これだけははっきりしている。橋の下は川だということは。

……ああ、ママは、ここから身を投げようとしている。本気で死ぬ気だ。どうしてこんなことになったのか。……たぶん、全部、わたしのせいだ。

ママの言いつけを破ってしまった。

パパに会ったら、「おなか、痛い」って悲しげにうつむくように言われていたのに、それをしなかった。

だって、全然、おなかなんか痛くなかった。それどころか、おなかがぺこぺこだった。だから、「なにか、食べる？」とパパに訊かれて、「ハンバーグ！」と元気よく答えてしまったのだ。昨日から、あんなにしつこく、ママに言われていたのに。

「あなたは、病気なのよ。……とても悪い病気なの。治らない病気なの。おなかが痛いのよ。おなかが痛くてしかたがないの。分かる？　だから、ご飯は食べられないの、分かる？」

そして、出かける前も、

「あなたは、本当は寝ていなくちゃいけないの。でも、あなたがどうしてもパパに会いたいって言うから、会いに行くのよ。あなたのために、会いに行くのよ。でも、本当はおなかが痛くて仕方ないのよ。パパに何か訊かれたら、おなかが痛い……って言うのよ。それ以外のことを言ってはダメよ、分かる？」

そう、何度も念を押されたのに。

でも、パパの顔を見たら、嬉しさでつい顔が綻《ほころ》んでしまった。視界の端で、ママの顔が青ざめていくのも見えていたが、止められなかった。

「パパ、ハンバーグ、食べたい！」

そのとき、ママに強く、腕を摑まれた。指の先まで強烈な痺れが走る。ようやく、気がつく。「しまった」

わたしは、咄嗟に口を閉ざした。

今更ながら、痛さに耐えるように顔をしかめて、うつむく。

隣では、ママが懸命になにかを言っている。

「この子、無理しているんです。パパを心配させたくなくて。本当は、胃から腸までただれきって、この一週間、ほとんど食べられない状態なんです。お豆腐とミルクをミキサーにかけた流動食を無理矢理食べさせているんです」

パパ……と呼ばれた男の顔に、疑念の影がよぎる。

わたしは慌てて、つぶやいた。

「……おなか、痛い」

が、もうすでに遅かった。ママが、うっすらと笑っている。これは、最上級の怒りの印だ。わたしは、だめもとで、もう一度つぶやいた。

「……おなかが、痛い」

が、パパの疑念の影は、薄れない。その影がこれ以上濃くならないよう先手を打つように、ママが、わたしの腕をぐいと引っ張る。

「病院に、行きましょう。さあ、病院に」

そして、わたしはタクシーに押し込まれた。

「私たち、今から、病院に行きます」

ママはしつこく言ったが、パパは応えない。

「じゃ、とりあえず、私たちだけで病院に行きますから」

でも、もちろん、病院に行くことはなかった。そして、たどり着いたのは橋の袂。

「……あなたがいけないんだからね」

ママが、つぶやく。

「ごめんなさい、ごめんなさい、ごめんなさい！」

「いいわよ、謝ってもらわなくても。もう、なにもかも、遅すぎるの。……too late

よ」

「ママ！」

＋

「……石坂さん？」

呼ばれて、布由は、はっと我に返った。手にしたティーバッグが、手から落ちそうになる。

「石坂さん、出番よ」

「え？」

「客、いらしたようよ」

高峰さんの視線を追うと、カーディガン姿の林部長がホワイトボードになにやら書き殴っている。

『会議室　C室』

布由は、ティーバッグを紙コップに沈めると、ゆっくりと湯を注いだ。

後楽園《こうらくえん》駅から、徒歩十五分。小石川《こいしかわ》に本社を構えるR製薬は、規模はそれほど大きくはないが日本人なら誰もが知る老舗製薬会社だ。

その資材部に派遣されて、今月でちょうど半年。時給は千三百円と高い方ではないが、特に不満はなかった。確かに、直属の上司にあたる林部長は馴れ馴れしいところはあるが、その立場を利用してハラスメントを仕掛けてくるようなことは、今のところない。

他の社員との関係も概《おおむ》ね良好で、同性の社員からもこれといった意地悪をされたことはない。無論、細かいことをいえば、言いたいことは山とある。が、最初の派遣先で食らった数々のハラスメントを思えば、ここはぬるま湯のようだった。老舗……というのが理由なのか、この職場はいたって保守的でのんびりしていて、あからさまな競争や足の引っ張り合いはない。

前の派遣先では、うっかりハイブランドの時計をしてきてしまったせいで、一日目からあからさまな嫌がらせにあった。その時計は、二日目にはどこかに消えてしまった。拭き掃除をしようと、はずしたのがいけなかった。誰かに盗まれたのだろう。それを訴えてもみたが、逆にこちらが追いつめられて、契約を切られてしまった。本来なら派遣社員を守るべき立場の派遣会社も、完全に、あちら側に立った。

その反省もあり、この職場では、なるべくアクセサリーも時計もつけないようにしている。つけることがあっても、誰が見ても安物だと分かるものをチョイス。服にも気をつけている。あえて流行をはずした、いわゆるダサい組み合わせ。髪型もひっつめにしてひとつに結び、化粧も薄め。それが功を奏したのか、女性社員のきつい視線が飛んでくることもなくなった。憐れみの視線が飛んでくることはあるが。

……もっとも、男性社員は癖のある人ばかりで、たとえば林部長のような馴れ馴れしいんだか冷たいんだか、よく分からない人種ばかりだったが、所詮は、男だ。その癖が強ければ強いほど、ある意味、操縦はしやすい。

これなら、ここには長くいられそうだ。なんだかんだいって、ここは誰もが知る老舗会社。前の職場は、規模こそ大きいが、創立十年そこそこのベンチャー企業。全世代に、その名前は知られていない。……実際、母親はその名前を知らなかった。そのせいで、ちょっとしたケンカになってしまった。「そんな無名な会社で働いて。……恥ずかしい！」

でも、今の会社の名前を言うと、「すごいじゃない！　有名会社じゃない！」と、目を輝かせて喜んでくれた。

母親が喜んでくれたのが理由ではないが、途端に愛着がわいた。まるで何年も前からここにいるような感覚にとらわれる。……ここなら、長くいられそうだ。ここなら。

が、布由のそんな思惑も、一瞬で吹っ飛んだ。

午後四時。本日、三回目の来客にお茶を出したときのことだ。

林部長が、あからさまに「お客様」と呼んだ。しかも、カーディガンを脱ぎ、スーツの上着を着込んだ。会議室も、高級ソファセットが並んだ特別会議室のS室。これは、間違いなく上客だ。棚の奥から、ウェッジウッドのワイルドストロベリーのティーカップを取り出すと、いつだったか部長がロンドン旅行のときに買ってきたフォートナム・アンド・メイソンのダージリンティーの茶葉を用意する。

さすがは、最高級の茶葉。その香りを浴びながら半ば恍惚とした気分で会議室Sのドアを開けたとき、布由のそれまでの気分が、ジェットコースターのそれのように急降下した。

ソファの上座には、見覚えのある顔。というか、先週、見たばかりの顔。

ティーカップが、カタカタと小さく鳴き出した。布由は、トレイを持つ手に力を込めると、咄嗟に取り繕った。

「お待たせしました」

ここで取り乱してはいけない。こんなところで。

平常心。平常心。平常心。平常心。

布由は呪文のように唱えると、初対面の人に接するときの素振りで、その人物に近づいていった。

その人物の視線が、あちこちと巡る。そして、布由の胸元のあたりで止まった。そこには、名前プレート。

平常心。平常心。平常心。平常心。

が、ティーカップを載せたソーサーをテーブルに置いたそのとき。

かたかたかたかたかたかた……。

なにもかも高級にあつらえた会議室には不似合いな、野蛮な音が鳴り響く。布由は、慌ててその手を離した。が、そのタイミングが早すぎたせいでカップの中身がこぼれ出した。テーブルに置かれた茶封筒の端に、それが飛び散る。

謝らなくちゃ。が、その言葉も出ない。

どうしよう、どうしよう、どうし――

（え？）

林部長の前に置かれた名刺に、ふと視線が止まる。そこには、「三好宗太郎《みよしそうたろう》」。

三好？

新藤《しんどう》ではないの？　そうよ、新藤よ。新藤克彦《かつひこ》だって、名乗っていた。

……そうか。この人もこの人で、偽名を使っていたのか。そりゃ、そうよね。本名なんていうはずもない。

そう思ったら、こわばった手からすぅぅっと力が抜けた。

「失礼いたしました」

布由はいつもの調子を取り戻すと、念のためとトレイに載せておいた紙ナプキンで、手際よく茶封筒を拭く。幸い、それは小さなシミ程度のものだった。

こんな粗相ははじめてのことだったが、鈍感な林部長は、いつものように起きているのか寝ているのかよく分からない視線で、「うん、ありがとう」と軽く頷くだけだった。

一方、三好さんは、無表情ながらなにかを訴えているようでもあった。視線が、しつこく絡んでくる。

そんな三好さんからメールがあったのは、席についてすぐのことだった。

たぶん、あの会議室で、林部長の目を盗んでメールを送ってきたのだろう。

『今日、会える？』

は？　どういうこと？　今さっき、会ったばかりじゃない。しかも、あんな騙し討ちのような形で。

『いいえ、無理です』

と返信しようかとも思ったが、新藤……いや、三好さんは極太《ごくぶと》の顧客だ。今、この人と縁が切れては、なにかと損だ。それに、言い訳も聞いてみたい。どうして、こんな形で現れたのか？　でも、それには、こちらにも言い訳が必要だ。あちらが嘘をついていたように、こちらも嘘をついていた。

いや、でも、そんなこと、あちらだってどこかで分かっていたはずだ。だって、私たちの関係は、「嘘」で成り立っている「嘘」の関係なのだから。

『分かりました。では、十八時、いつものところで』

布由は、返信した。

そして、ペン立てからボールペンを引き抜くと、右の人差し指に、ボールペンの先を押し付けた。

11

布由が、新藤と名乗る男性と出会ったのは、半年前のことだ。

きっかけは、「パパ活」。

「体の関係抜きで、男性からお金を引き出すことができるいいシステムがあるよ」

そう教わったのは、前の前の前の職場で働いているときだった。

そのとき、布由は、とある金融会社の事務センターに派遣されていた。

その派遣仲間の一人に、やけに金回りがいい人物がいた。時給千百円、どう考えてもそんな収入では買えそうもないブランドのバッグにアクセサリーに時計。

夜のアルバイトでもやっているのだろうか？　と思っていたところ、「もっと割りのいいアルバイト。あなたも、やってみない？」と、誘われた。きっかけは忘れたが、仕事帰りに、職場近くのイタリアンバルで食事をしたときだ。

「ね、割りのいいアルバイト、知ってるよ。してみない？」口の周りのトマトソースを紙ナプキンで拭いながら、彼女は唐突に切り出した。

「割りのいいアルバイト？」

「そう。夜のバイトなんかよりも、全然稼げるよ」

「……売春とか？」

「まさか。売春なんて、あんな過酷な肉体労働を選ぶのは、バカな女だけよ」

「……じゃ、振り込め詐欺の受け子とか？　薬の運び屋とか？」

「やだ、なに、それ。そんな発想、今までなかった。よく、思いついたね。まさか、やったことあるの？」

「…………」

「そんな危険なことやるわけないじゃん。そんな違法なことをやるのは、底辺の低能だけだよ」

「…………」

「世の中には、稼げる方法なんていくらでもあるよ」

「だから、それはなに？」

そして、彼女は、一冊の週刊誌をデスクに置いた。その表紙には「パパ活」の文字。

付箋が貼られたページを捲ると、黒い目線が入った顔が飛び込んできた。目線は入っているが、すぐに分かった。……これって、もしかして。

「そう。私。知人がライターやっててね。だから、取材に応じたのよ」

「……マジで」

「マジよ」

「パパ活って……。本当にあるの？」

噂では聞いたことがある。出会い系サイトでお金を援助してくれる金持ち男を釣る。その男とお茶したり食事したりするだけで、お金がもらえる……というシステム。もちろん、体の関係はない。

「食事やお茶をするだけで、お金がもらえるなんて、とても信じられない」

「男だって、年がら年中、発情しているわけではないのよ。ただ話し相手が欲しい……という男は多いの。特に、そこそこお金を持っている男はね。地位や立場に縛《しば》られず、おしゃべりできる相手を欲しがっているのよ」

「……本当に？」

「男ってね、女のためにお金を使いたくてしかたないの。女を喜ばせることに快感を覚えるようにプログラムされているんだろうね。だから、キャバ嬢にねだられるまま、借金してでも高級品をプレゼントするのよ」

「でも、それは、結局は体が目当てなんじゃないの？」

「だから、その下心をうまく利用するのよ」

「利用する？」

「水商売の鉄則は、体の関係にならずに、お金を使わせること。下手に体の関係を結んだら、それでゲームオーバー。男は途端に、冷たくなる。釣った魚に餌はやらない……ってやつよ。だから、枕営業する女は低能だってバカにされるのよ」

「…………」

「一流の女は、体の関係をお預けした状態で、男の本能を焦らして焦らして、お金を出させるの」

「……そんなに、うまく行くの？」

「まあ、もちろん、それなりの話術と才能は必要よ」

「才能？」

「一番必要とされる才能は、男に奢《おご》られても、それをすんなり受け入れることができること」

「どういうこと？」

「世の中には、男に奢られたりすることに罪悪感を覚える、プライドの塊《かたまり》のような女が多いのよ」

「へー。ありがたく、奢ってもらえばいいのに」

「でしょう？　でも、その『ありがたく』が、案外、難しいの。覚悟と才能が必要なのよ。その点、あなたは、その才能があると思う」

「え？」

「だって、あなた、変なプライドないし」

「…………」

「いやだ、ディスっているわけではないのよ。むしろ、誉めている。プライドってね、厄介なのよ。それがあるばっかりに、自分を追い込んでしまうものなの」

「でも、女って、何かを貰ったり、してもらうのは、誰でも嬉しいんじゃないの？」

「昔の女性はね、確かに、そう。人から援助してもらったり、恵んでもらったりするのを、誇りに思っていた。だから、夫が働いたお金で養われていても、それをなんとも思っていなかった。むしろ、それを誇りに思っていたし、当然の権利だと思っていた」

「うん。……今でもそうでしょう？」

「違う。今は、女も働けって時代でしょう？　夫に養われているのは恥……っていう価値観が植え付けられてしまった。これは国策。人手不足を女の労働で賄おうとしているからなのよ」

「……言われてみれば。〝専業主婦〟って肩書き、今はちょっとマイナスのイメージね」

「でしょう？　一方、男は、働く張り合いを失ってしまったってわけ」

「どういうこと？」

「男は、働き蟻《あり》のようなもの。働いてお金を稼いでなんぼ。女を養うことで、アイデンティティを保っている。つまり、女を養うのが、男の〝誇り〟でもあるのよ。でも、今の時代は、そんな男の〝誇り〟を奪ってしまった。だから、男は、〝誇り〟を取り戻したいと思っている。女を養って、女に援助して、かつての〝誇り〟を自身の中に灯したいと思っている」

「それは、〝性欲〟ではないの？」

「性欲とはまた別の本能よ」

「……へー」

「性欲と〝誇り〞は違うのよ。むしろ、性欲を抜きにした関係だからこそ、男は〝誇り〞を感じるのよ。男は、みんな、心のどこかで、足長おじさんになりたくて仕方がないのよ」

「足長おじさん……」

「そう。足長おじさんになって、自身の甲斐性と包容力を示したい。それが、男の〝誇り〞の正体よ」

彼女は、相当酔っていたのか、ろれつの回らない口調で「誇り」「誇り」を繰り返した。

「……そう、〝誇り〞。男の誇りを取り戻す手助けをするのが、〝パパ活〞なのよ」

ここで、ようやく本題に入った。布由は、おもむろに、身を乗り出した。

「だから、〝パパ活〞って？」

「愛人でもない、その場だけの売春でもない、もっと高尚な関係」

「高尚な……関係……」

「私たちはカウンセラーであり、看護師であり、娘であるのよ」

「カウンセラー、看護師、娘……」

「どれも、案外、難しい。簡単じゃない。技術《テクニツク》と資質がないとね」

彼女はそれからも、ろれつの回らない口で、雄弁に語った。

まるで、キャッチセールスのそれのようだった。事実、派遣会社に登録する前は、キャッチセールスの会社の社員だったという噂もあった。……布由は、乗り出した体を、少し引いた。

「まあ、無理強いはしないけどね。でも、あなたには資質があると思う。それだけは、心のどこかに留めておいて」

「資質って、具体的になに？」

「まあ、具体的には言えないけど。……雰囲気？」

「雰囲気？」

「こう言っちゃなんだけど、あなた、特別美人じゃないでしょう？」

「……」

「十人並みって感じ」

「……」

「おしゃれでもない」

「……」

「どちらかというと、ダサい」

「……」

「メイクも、薄い」

「……………」

「でも、清潔感がある」

「……………」

「いかにも、まじめって感じ」

「……………」

「いかにも、素直って感じ」

「……………」

「いかにも、なんでも話を聞いてくれそうな感じ」

「それって、……やっぱり貶してるよね？」

「だから、違うって」

「でも」

「銀座のナンバーワンホステスってね、総じて、そんなに美人じゃないのよ。むしろ、ブスの範疇《はんちゆう》。そんなにセンスがいいわけでもないし、ホステスの割りには、メイクも薄い。だから、一見すれば、素人のようにも見える。でも、そういう人ほど、太い客をがっちり摑むの。むしろ、派手な美人は、最初はいいけれどどんどん客がつかなくなり、どんどん落ちていく。アイドルグループでもそうでしょう？　ちょっと癖のある不細工ちゃんのほうが、結局はセンターに立つ。つまり、男は、それほど容姿を重要視しているわけではなくて、むしろ、美人は敬遠される。ヤリ捨てされるだけ。風俗嬢に美人が多いのは、そのせい。容姿だけで通用する世界だからよ。もっとも、それも最初だけ――」

さすがに話し疲れたのか、彼女はふぅぅと息を吐き出すと、乾いた唇を潤すように、ワインを飲み干した。そして、再び、なにかの演説のように語り出した。

「世間を騒がした〝婚活連続殺人事件〟の犯人も、驚くほどの怪物だったでしょう?」

「……ああ、あの事件」

「ほんと、酷い事件よね。被害者は何人だったっけ?　五人?　六人?　いずれにしても、怪物よ、モンスター」

「そうね、怪物ね」

「でも、結局は、男はそういう女のほうに、貢ぐの。セックスだけの相手には美人を選ぶけど、養い続ける女には、不美人を選ぶのよ。まあ、ペットのそれと同じよ。不細工なほうが愛着が湧く。もっといえば、どんな不細工でも、自分が所有するペットは可愛く見えるものなのよ」

「所有?」

「そう。所有。これが大事。男に、『こいつは自分のものだ』と思わせることがね」

「……それは、なんとなく分かる」

「どんな男だって、身の丈《たけ》っていうのはちゃんと分かっている。相手があんまり美人だと、自分のものにはならないだろう……ってことをちゃんと理解している。だから、男は、身の丈にあった不美人を選ぶものなのよ」

「なるほど」

「でも、ただ、不美人なだけではダメ。男に貢がせるには、それなりのテクニックがいる。それは、後天的にはなかなか身につきにくい。先天的な資質によるものが大きい」

そのもったいぶった言い方に、布由は、つい「それは、なに？」と質問してしまった。

「なんだと思う？」

彼女は、相変わらずもったいぶった調子で、言った。

これ以上もったいぶるなら、もう帰る……と体を浮かせたとき、彼女の酒臭い息が、頬に直接当たった。

「それは、自然と、心から、『ありがとうございます』と言えること」

なに、それ。

「あ、今、バカにしたでしょう？　でも、これ、案外、難しいのよ。どんなにありがた迷惑なことでも、『わー、嬉しいです！　ありがとうございます！』って心から言うのは。男に限らず、人ってね、他者に感謝されると、とてつもない快感を覚える動物なの。その快感は、性感に匹敵する……うぅん、時には凌駕《りょうが》するものなのよ。例の連続殺人事件の犯人も、それができる女だったらしいよ」

「……性感に匹敵？」

「そう。あなたには、その快感のツボをぐいぐい押すところがある。その証拠に、今日だって、あなたのデスク周りはお菓子だらけ」

その通りだった。周囲の人が、なんだかんだと、お菓子をくれる。特に、課長と副部長は、外出するたびに、なんだかんだとおやつを買ってきてくれる。

「あなたの、その『ありがとう』の笑顔。自分では気がついてないようだけど、それ、必殺技だから」

「……そんなことを言われたら。意識しちゃって、もう、ありがとうって言えなくなる」

「ほらほら、そんなことを言いながら、その無邪気な笑顔。無意識にやっているんだとしたら、もう、魔性の域」

「……魔性」

「その魔性を武器にすれば、あなた、パパ活の女王になれるわよ」

「……やだ、そんな。……まさか」

「まあ、強引には勧めないけどね。でも、気が向いたら、パパ活、やってみたら？気軽な気持ちでできるからさ。違法でもなんでもないんだから」

「でも」

「……こんなことを言ったらなんだけど、あなた、お金、足りないんじゃないの？」

「え？」

「ときどき、あなたあてに掛かってくる電話。あれ、ヤミ金かなにかの、督促なんじゃないの？」

「…………」

「ビンゴか」

「あ、違うのよ、あれは……」

「最悪のことになる前に、借金はチャラにしておいたほうがいいよ。私も、借金では苦労したからさ。……奨学金の返済が滞ってさ、いつのまにかその債権がヤバいところに移って、……風俗に売り飛ばされそうになった。あのとき、パパ活に出会わなかったら、私、今頃、どうなっていたか」

「どうなっていた？」

「まあ、最悪、治安の悪いどっかの国に売り飛ばされて、一生性奴隷として生きる羽目になっていたかもね」

「性奴隷……」

「あなただって、他人事じゃないよ。借金は早いうちに返済しておかないと、元金の何十倍にも膨らむから。利子を返済するだけの人生になるから」

「…………」

「とっておきのサイトを教えてあげる」

「とっておき?」

「パパ活用の出会い系は星の数ほどあるけど、ほとんどがジャンク。下手したらなにかの事件に巻き込まれる。でも、私が利用しているサイトは、その点、安心安全。登録している男性も、ちゃんとした人たちだから。……紹介制だしね」

「紹介制?」

「そう。紹介してあげる……って言っているの」

「なんで、そんなことをしてくれるの?」

「ほんと、そうよね。なんで、紹介してあげようって気になったんだろう。……ほんと、あなたの魔性はすごいわ。私のようなケチ人間まで、なにかしてあげたいと思わせちゃうんだから」

そして、翌日、彼女からメールが送られてきた。「とっておき」の出会い系サイトのURL付きで。

12

「私のこと、お調べになったんですか？」

布由は、目の前の老人に、笑いながら訊いた。

赤坂プリンスホテル跡にできた、商業施設。その中のフレンチレストランが、新藤さんと会うときのお決まりの場所だ。

ブイヤベースが美味しい。そう言って、最初のとき、新藤さんが誘った場所がここだった。それから、新藤さんといえば、ここだ。

新藤さんとは、二週間に一度のペースで会っている。なので、先週会ったばかりの新藤さんと、今日、こうして会うのはイレギュラーだ。本来ならば、今日は、パパ活はオフの日だった。それでも、会うことにしたのは、気になったからだ。どうして、今日、職場にやってきたのか。

「だから、偶然なんだよ。本当だよ」

そう、新藤さんが何度も繰り返す。鼻の頭に、アブラムシのような汗がびっしりとこびりついている。

たぶん、新藤さんは、疑惑を抱きはじめている。目の前の女の素性が、なにか怪しい……と。

そんな新藤さんからは、食事のたびに、二十万円ほどのお小遣いをもらっている。月に二回会っているから、月に四十万円ほど。

「ルール違反じゃないですかぁ」

布由は、いつもの無邪気な笑顔で、父親に拗ねる娘のように、言った。

「お互い、私生活には立ち入らないって、約束したじゃないですかぁ」

「だから、偶然なんだ、ほんとだよ。僕だって、びっくりしたんだ」

「偶然ですか？　そうですか。なら、今回は信じますね」

これ以上、追い込んではいけない。男を追い込みすぎると、とんだ反撃に遭うことを、布由はいやというほど身に染みて知っている。

だからといって、制裁の手を緩めてはいけない。ここで全面的に許したら、付け上がる。さらに同じようなことを繰り返す。しかも、どんどんエスカレートする。それが、男というものだ。

「……ご本名ではなかったんですね」

布由は、やんわりとではあるが、ぐさりと男のウィークポイントを刺した。

「いや、あの、その」

「これからは、なんてお呼びすれば？　新藤さん？　それとも、三好さん？」

「……これまで通り、新藤でいいよ」

「偽名のほうを？……私は、ちゃんと、本名の〝堀田《ほった》布由〟でおつきあいしていたというのに、本当に残念です」

「え？　でも、さっき。……君の名札には、〝石坂〟って」

「あれは、母方の名字なんです。普段は、あの名字を使用しています。でも、戸籍上の本名は〝堀田〟です。父の名字です」

まったくの嘘だったが、男はあっさり信じた。

「……ああ、そうなんだ」

それとも、信じている振りをしているだけか？

布由は、カマをかけてみた。

「新藤さんのことですから、そこも調査済みなんでは？」

「え？」

「だって、新藤さん、色んなことをご存じな感じですから」

「いや、だから、その――」男は、ワインを一気に飲み干した。そして、「だから、偶然だって言ってるだろう！　同じことを何度も言わせるな！」

男が、逆ギレをはじめた。布由は、ふぅっと肩の力を抜くと、握りしめていたナイフとフォークをそっと、皿に置いた。

そして、深いため息をひとつ。

「……だって、私、とっても動揺しちゃったんです。なんだか、新藤さんに、眉毛も描いていないすっぴんを見られたようで。……ううん、その反対かな。粉飾《ふんしょく》しまくっている恥ずかしい自分を見られたようで」

「粉飾？」

「私、新藤さんには、嘘をつきたくないんです。すべてをさらけ出した上で、おつきあいしたいんです。だって、新藤さんは大切な人だから。……でも、仕事はそうはいきません。仕事は、一種の戦い……化かし合いですからね。多少の嘘や誤魔化しはマストです。でなければ、やっていけません。……違いますか？」

「まあ、そうだね。……その通りだ」

「……だから、職場では、本名ではなくて、母の名字を使っているんです。……でも、偽装していたわけではないんです。母の名字には愛着があるし、小さい頃からずっと使ってきた名前だし。……一言では説明できないんです。複雑なんです、うち」

「ごめん、話したくもないことを、話させてしまって」

相手から「ごめん」と言わせたことに、布由はとりあえず、安堵する。この言葉を言わせれば、主導権を握ることができるからだ。

そう、これは布由の最大の武器だった。自分に非があったとしても、なんだかんだと、いつのまにか相手から謝罪の言葉をもぎ取る。

今回も、本来は、責められなくてはいけなかったのは、布由のほうだった。なぜなら、布由は、新藤には「看護師」と言っている。そう、大きな嘘をついていたのは、布由のほうだった。新藤がついた嘘といえば、せいぜい、名前を違えただけだった。それ以外……たとえば、不動産会社の会長であるとか、年収が八千万円であるとか、年齢が七十五歳であるとか、自宅は渋谷区の大山町《おおやま》で、麻布《あざぶ》と青山《あおやま》にセカンドハウスを持っているとか。そして、糖尿病を患い、あっちのほうは全然ということも。それらのデータはほぼ、正確なものだった。

「ううん、悪いのは、私のほうなんです。……新藤さん、不思議に思われたでしょうね。なんで、私が、製薬会社で働いているのか……って」

「……まあ、それは」

「生活のために看護師にはなったが、パティシエの夢も諦めきれず、パリ留学を夢見ていたはずじゃないのかって。そしてゆくゆくは原宿《はらじゅく》に店を持ちたい。そのために、お金を貯めていたんじゃないのかって」

「ああ、そうだ。僕はそれを信じて、君を援助している」

「……これを、見てください」

布由は、右人差し指を新藤に向かって突き出した。

「爪の横に、小さな点があるでしょう？」

「え？……ああ、あるね」

「これ、メラノーマなの」

「メラノーマ？」

「そう。悪性黒色腫。皮膚ガンの一種」

「皮膚ガン！」

「こんなに小さな点だけど、深く深く肉体を蝕んでいてね。……余命一年なんです」

「えええ！」

「でも、私は諦めたくなかった。だから、激務の看護師を辞めて、お給料は下がるけど、派遣会社に登録して今の職場に派遣してもらったんです。今のところなら、五時には帰れるから。余った時間で、色々と病院を探していたんです」

「……そうだったのか」

「その甲斐あって、いいお医者さんに巡り合って。その方がおっしゃるには、アメリカでいい薬がみつかったって。それなら、私のこのガンも治せるかもしれないって。でも、日本ではまだ認可されていなくて、アメリカに行って治療することになるから、莫大なお金がかかるって。……だから、私、援助してくれる人を探しはじめたんです。そうして、巡り合ったのが、あなただったんです」

「そ、そうだったのか……」

「本当にごめんなさい。あなたに心配をかけたくなくて、それで、いろいろと嘘をついていました。……本当に、ごめんなさい」

「謝るのはこっちのほうだよ。そんな気を使わせてしまって。……で、アメリカに行くには、どのぐらいかかるの？」

「……最低でも、……五百万円。……ああ、本当に情けない。たった五百万円が用意できない自分が。たった五百万円が用意できないばかりに、私、死ぬんです。……結局、この世の中、お金なんですね。命って、お金で買うものなんですね」

「布由ちゃん……」

「あ、ごめんなさい。今のは、聞かなかったことにしてください。……だって、五百万円では全然足りないもの。五百万円なんて、紹介状を書いてもらったらすぐに消えちゃうわ。本格的な治療がはじまったら、その倍……ううん、その五倍はかかるかも」

「でも、とりあえず、五百万円あれば、希望は見えてくるんだよね？」

「……ええ、そうなんですけど」

布由は、あのときのように、涙で頬を濡らした。

＋

「……ママ、ママ、ごめんなさい、ごめんなさい」

「駄目よ、もう遅いの！　too late よ！」

ママが身を投げようとして、その橋の袂でたたずんでいると、後ろから声をかけられた。

「どうしました？」

制服警官だ。

わたしは、ほっと肩から力を抜いた。そして、「どうして、もっと早く来てくれないのよ」という苛立たしい気分にもなる。

ママがここを選んだのは、すぐそこに交番があったからに他ならない。ママはそれをめざとく見つけ、ここで足を止めたのだ。だから、わたしもすぐに行動を起こした。

「ママ、ママ、ごめんなさい、許して、ごめんなさい」

と、泣き騒いだのだった。しかも、警官の姿が見えると、足をひきずって見せた。

もちろん、そんなこと、ママの口から直接指示されたわけではない。でも、その瞬きのリズムで分かるのだ、そうするように、ママが命令している。

「いったい、どうしたというんですか？」

若い警官が、おろおろと、ママに話しかける。

「死なせてください、どうか、死なせてください！」

ママの手が、わたしの肩に触れる。それを合図に、わたしも叫ぶように言った。

「ママ、死なないで、死なないで、死なないで！」

「とりあえず、交番で話を聞きましょう」

連れて行かれた交番には、もうひとり、年老いた警官がいた。

出世から見放されたという感じの、いかにも生気がない男だったが、ママは、その男に狙いを定めたようだった。警官の目をじっと見ると、

「……お金がないんです」

と、単刀直入に言った。

本当は、その懐には一万円札が十五枚、入っている。パパからもらった、今月のお手当だ。が、それでは足りないとばかりに、ママは言った。

「娘は、生まれつき、体が悪いんです。ずっと、入退院を繰り返しています。先月は心臓の手術をしました。でも、持病の糖尿病が悪化し、足が腐りはじめています」

ママが、わたしの肩に触れる。わたしは、監督からゴーサインを受けた子役のよう

に、

「痛い、痛い、足が痛いの！」

と、泣きじゃくる。

「なら、病院へ……」

若い警官が、しごく当然なことを言う。そんな若者を無視して、ママは、年老いた警官に視線を固定する。

「病院へは、行けません。だって、お金がかかるんです」

「でも、健康保険が……」

これまた、当然のことを言う若い警官。が、ママは、無視し続ける。

「もう、疲れ果ててしまいました。このまま生きていても、この子には苦労をかけるだけ。苦しみの一生です。だったら、いっそのこと、このまま死んでしまったほうが、この子のためなんじゃないかと」

「奥さん、この若いやつの言うとおりです。健康保険があれば、負担は軽く済みます。だから、とりあえず、病院へ行きましょう」

年老いた警官の言葉に、ママはふと、声を沈めた。

「……奥さんじゃありません」

「え？」

「私は、奥さんなんかじゃありません。……結婚していません。……愛人なんです」

「結婚してなくても、健康保険は……」

またもや、正論を言い放つ若い警官を遮るように、ママが声を上げた。

「そして、この子は、婚外子なんです！」

「いや、それでも、健康保険は……」

「健康保険料、滞納しているんです！　だから、使えないんです！」

ママが言うと、若い警官はようやく、口を閉ざした。

「私、騙されたんです。結婚することを前提におつきあいして、そして妊娠しました。でも、相手には、もうすでに家庭があったんです！　だからといって、おなかの子供には罪はありません！　堕ろすことなんて、できませんでした！　それとも、なんですか？　堕ろしたほうがよかったんでしょうかね？　ええ、きっとそうですね。そしたら、この子は、こんなに苦しむことはなかったんでしょうから！」

ママがとどめを刺すように言うと、若い警官は、逃げるように、「……あ、じゃ、パトロールに行ってきます」と、その場を立ち去った。

残されたのは年老いた警官と、ママとわたし。

ママは、最後の仕上げとばかりに、

「死なせてください、死なせてください！」と、声を張り上げた。

年老いた警官は、ママの背中をぽんぽんと優しく叩くと、囁くように言った。

「とりあえず、……どなたか、連絡する相手はいますか？」

ママは、待ってましたとばかりに、その電話番号を口にした。先ほど別れたばかりの、パパの自宅の電話番号だ。……ママは、家庭団欒《だんらん》の中にいるパパの家の電話を鳴らすつもりだ。

なんという、嫌がらせ。

わたしは、身震いした。

ママの手が、私の肩をきつく摑む。

ママを怒らせてはいけない。

いつでも、どんなときでも、ママの言うことを聞かなくてはならない。

ママを喜ばせなくてはならない。

わたしは、言った。

「おまわりさん。パパに……パパに会いたいです」

警察から電話があったとなったら、パパだって、無視するわけにはいかないだろう。

案の定、パパが青い顔をして交番に飛び込んできたのは、それから四十五分後のことだった。

13

布由の口座に、五百万円が振り込まれたのは、その翌々日の金曜日だった。人にいえば、「そんなことをして、罪悪感はないの?」なんて言われるかもしれない。

罪悪感など、あるはずもなかった。

年収八千万円の新藤さんにとって、五百万円なんて端金《はしたがね》だ。カジノで、一晩で一千万円すったことを自慢するような人だ。

それに、新藤さんは、五百万円と引き替えに、「人助けした」という恍惚感を得ることができたのだから。前の前の前の職場の彼女が言っていたことは、まったく正しい。

これが、体を代償にする売買ならば、それを買ったほうはむしろ虚無感が残るだけだ。が、「人助けをした」という思いは、なんとも言えない恍惚を生む。募金と同じだ。それが仮に募金詐欺だとしても、募金をしたという行為が重要で、それにより、今まで犯したいろんな罪がチャラになったような清々しさすら覚える。贖罪《しょくざい》をしたような気分になるのだ。……そう、それは、頑固な便秘が解消されたときの感覚にも似ているかもしれない。
つまり、自分は、便秘症の人に、整腸薬を処方しているに過ぎない。
いいことをしているのだ。
そうでしょう？　ママ。
が、返事はない。
ママは、ベッドの中、すぅすぅ寝息をたてて眠っている。
小金井駅からバスで十分。布由が、この病院に通うようになって、もう半年。
でも、回復の兆しはない。むしろ、進行しているようにも見える。
それも仕方がない。この病は、今のところ、完治することはない不治の病だ。
認知症。
そう医者から告げられたとき、
「認知症？　母は、まだ五十代ですよ？　五十七歳ですよ？」
と、取り乱してみたが、
「若年性の認知症です」
と言われたとき、
「ああ、そうですか」
と、布由は観念した。そして、ようやく解答を教えられた生徒のように、安堵もした。

　ママが、なにかしらの病に冒されているのは、確かだった。それが脳なのか、それとも精神的なものなのか。はたまた、性格的なものなのか。

　もし、性格的なものならば、治る見込みはない。あるいは、自分にも、同じような性格が遺伝している可能性もある。

　……できるならば、母のような人生は歩みたくない。こんな、惨めで過酷な人生なんて、まっぴらだ。母だって、そう思っているはず。できるなら、すべてを忘れて、やり直したいと。事実、「ああ、私の人生ってなんなの？」とのたうちまわる母の姿を何度も見ている。そんな母に、医者は一筋の光を照らしてくれた。

　若年性認知症。

　つまりそれは、過去をチャラにできるということだ。記憶がリセットされるということだ。

　医者は、こうも言ってくれた。

「このまま放置していたら、また、同じようなことを繰り返すだけです。入院をお勧めします」

　同じようなこと……というのは、自殺未遂だ。橋の袂で手首を切っているのが見つかり、病院にかつぎ込まれたのが半年前。布由は、思った。

またか。

……ママの自殺未遂など、今にはじまったことではない。

　そもそも自殺なんてするつもりはない。狂言自殺だ。ママは、私が物心ついた頃から、この脅しを繰り返している。そう、ママにとって自殺は、娘と、その父親に対する「恐喝」に他ならない。自身の我を通すための、手段のひとつなのだ。だから、今回も、手首を切ったのだ。それは、私に対する一種の威嚇だった。私が、「もう、私のことは、ほっておいて」と、突き放したとたんの事件だった。いつもの狂言だ。

……そう分かっていても、布由は駆けつけないわけにはいかなかった。

「私も、とにかく、入院することをお勧めします」

医者の隣でそう言ったのは、高齢の女性だった。どうやら、橋の袂でママを見つけて、病院に運んだ人らしい。

……不思議な印象の人だった。上着はくすんだネズミ色のジャケット、……の割には、ボトムは若い人が穿きそうな黒白バイカラーのフレアスカート。さらに、ハイヒールだ。そしてその赤いバッグは、巣鴨の商店街で売ってそうな布製のトートバッグ。チグハグなコーディネートだ。

その人は、菊村藍子と名乗った。差し出された名刺には、『NPO法人　ありがとうの里』という団体名も印字されていた。

「……入院って、そんなに簡単に言われても」

布由は、躊躇《ちゅうちょ》した。というのも、その病院が、俗に言う精神病院だったからだ。

いや、それより、金銭の問題だ。ずっと金銭援助をしてくれていた父親は、十二年前から音沙汰無しだ。どうやら、前の奥さんと離婚し、他の女と再婚したらしい。ママに支払われていた〝お手当〟は、そのまま前の奥さんに支払う慰謝料に。

もちろん、ママは抗議した。ストーカーのようなこともしていたようだ。が、それがますます、パパを遠ざけた。……ママは、自らの手で、唯一の命綱を断ち切ってしまったのだ。

「大丈夫ですよ、お金のことは」

菊村さんは、言った。

「私たちが、お手伝いします」

「手伝い？」

「あなた方のような境遇の人たちを手助けするのが、私どもの仕事でもあります」

「は……」

「とにかく、なにもご心配はいりません」

そんなことを言われて、ママを入院させたが。

いざ、入院となると、なんだかんだとお金がかかった。一番は、ママが、一日三万円もする個室を希望したことだ。認知症といっても、その欲望までは完全に封印されてはいなかった。いや、むしろ、欲望がますますむき出しになっていた。

「さすがに、個室の負担は、こちらではなんともなりません。そちらで、ご負担いただかないと」

菊村さんが、呆れたように言う。

だからといって、今更、家に連れて帰るわけにはいかない。それは、ママが認めないだろう。なにしろ、ママはここをひどく気に入っている。

「ママ、資生堂パーラーのプリン、買ってきたよ。そして、バラも」

それまで、うんともすんとも答えなかったママの頭が、ゆっくりとこちらに向けられた。

「あら、布由ちゃん。いつから？」

「十五分ぐらい、前かな」

「あら、そうなの。ごめんなさい。全然、気がつかないで。……あら、バラ？」

「前に来たとき、バラが欲しいって」

「嘘よ、そんなこと、言ってないわよ。だって、バラの香り、苦手だもの」

「そうだった？」

「そうよ。バラの香りを嗅ぐと、イヤなことを思い出すのよ」

「イヤなこと？　どんな？」

「よく覚えてないわ。でも、イヤなものはイヤなの。捨てちゃって」

「一本、五百円もするバラよ？　それが二十五本よ？　いくらしたと思っているの？」

「それでも、イヤなものはイヤなの。捨てちゃって」

そう言いながら、ゆっくりと手を左右に振るママ。その右人差し指の爪には、小さな点。

＋

「ママね、死ぬのよ。爪にね、黒いお星様ができたの」

ママが、そんなことを言い出したのは、いつだったか。小学校に上がった頃だったろうか。そう、小学校の入学式の前だった。

「布由ちゃん、具合、悪くない？」

ママが、突然、そんなことを訊いてきた。

具合なんて悪くない。むしろ、絶好調だ。明日の入学式が楽しみで仕方がなかった。小学校に入ったら、友達ができるかな？　友達ができたら、なにして遊ぼうかな？

ママは、

「小学校に行ったら、きっと、いじめられるわよ。だって、布由ちゃんは、幼稚園にも保育園にも行っていないんだから」

と言ったが、わたしは少しも心配などしていなかった。いじめられたとしても、一日中ママと一緒にいるより、よっぽどマシだ。

「布由ちゃん、おなか、痛くない？　具合、悪くない？　注射してあげようか？」

ママが、いつもの注射を取り出した。いったい、どこから入手してきたのか、〝インスリン〟という名の注射だ。

イヤだ、イヤだ、その注射はイヤだ。

だって、注射をすると、頭がぼーっとして、立っていられなくなる。……でも、きっと、ママの目的はそれだ。立っていられなくして、病院に連れて行くのが、いつものの手口だ。

ママは、なにがなんでも、わたしを病人にしたがった。病人にした上で、熱心に看病をしたがった。そうすれば、みんなに同情されるから、誉められるから、……パパに会えるから。

薄々、気がついていた。ママは、わたしを口実にしている。パパを呼びだすために。

でも、今回だけは、ママの思い通りにはさせない。だって、明日は入学式なんだから。

「ママ、わたしは大丈夫。どこも悪くない」

「そう？　それはよかった。でも、明日、ママは入学式に行けないからね。一人で、行ってね」

「え？　なんで？」

「ママね、病気になったからよ。爪に、黒いお星様ができたから」

そして、差し出されるママの右人差し指。そこには、確かに、黒い点がくっきりと。

わたしは、いつか見た、アニメを思い出していた。それは再放送の野球アニメ。

……「巨人の星」。主人公星飛雄馬《ほしひゅうま》の初恋の人の指にできていたものとまったく同じだ。

「これはね、メラノーマという名前のお星様なのよ。これができると、必ず死ぬの。だから、明日、ママは入学式に行けないわ。布由ちゃん、一人で行ってね。ママは死ぬかもしれないけれど、布由ちゃんは一人で行ってね」

そんなことを言われて、「はい、分かりました」と答える子供などいるだろうか？

大概の子供は、「死んじゃイヤだ、死んじゃイヤだ」と、母親にすがりついて泣くだろう。

わたしも、まったくその通りにした。

「入学式になんて行かない！　ママのそばにいる！　だから、死なないで！」

その願いが叶ったのか、ママが死ぬことはなかった。が、ことあるごとに、ママは、右の人差し指を差し出して、「黒い星が、少し、大きくなったみたい。私、死ぬのね」と言って、わたしの行動を縛り付けた。

＋

その黒い星は、今も、同じ大きさ、同じ形で、ママの右人差し指にある。

……なんてことはない。ただのほくろだ。それに気がついたのは小学校を卒業する頃だったが、ママは、本気で、それが死の印だと思っていた。死の影に、日々、びくついていた。……哀れなほどに。

だが、認知症になった今はどう思っているのだろうか。忘れてしまったのだろうか。それならそれで、ママもようやく、「死」から解放されたことになる。

「今日は、パパは来ないわね……」

が、あの男への執着は相変わらずだった。

「パパは、死んだのよ」

布由は、突き放すように言った。……そう、死んだことにしておいたほうが、ママのためだ。

「嘘よ、また、そんな嘘をついて」

「嘘じゃないわよ」

「でも、昨日、お見舞いに来てくれたわよ」

「それは、夢よ。……だって、パパは死んだんだから、十二年前に」

「十二年前？……ああ、十二年前」

「思い出した？」

「……そうか、パパ、死んだのね」

「そう、死んだの」

言葉が止まる。ママのリセットボタンが押されたようだ。ママは最初から繰り返した。

「あら、布由ちゃん。いつから？」

「十五分ぐらい、前かな」

また、バラのことで責められたらたまらない。布由は、バラの花束をテーブルの下に隠した。

それが功を奏したのか、ママは先ほどとは違うことを訊いてきた。

「布由ちゃん、お仕事は？　まさか、まだ、聞いたことがないような会社で働いているの？」

何度目の質問だろうか。たぶん、五十回は超えている。

が、布由は、はじめて聞かれたような素振りで、答えた。

「転職した。今度は、R製薬よ」

「R製薬！　すごい、有名会社じゃないの！　そこで、なにをしているの？」

「社長秘書」

「社長秘書！　すごいね……出世したね」

「そうだよ、ママ。社長秘書だよ。お給料は、月に五十万円もらっているよ」

「ほんと、すごいね。パパには報告した？　パパ、きっと喜ぶよ。あの布由ちゃんが立派になったね……って誉めてくれるわよ。そうだ、今度の日曜日、パパとハンバーグを食べに行きましょうね。ほら、布由ちゃんも大好きな、あのハンバーグよ」

「あのハンバーグ屋さん、とっくの昔につぶれたよ」

「あら？　そうだった？　……なら、どこに行く？　パパはどこに連れて行ってくれるかしら？」

「だから、パパは……」

そして、延々と続く、ループ。

「……そう。布由ちゃん、R製薬の社長秘書さんなのね。……姉さんと妹にも聞かせてやりたいわ」

……姉さん？　妹？　はじめて聞く言葉だった。

「ママ、姉さんって？　妹って？」

「え？　なに？」

「今、姉さんって。妹って。……誰のこと？」

「私、そんなこと、言った？」

「言った。姉さんって。妹って」

「ごめん、忘れたわ。……そんなことより、バラ。バラを早く、片づけて」

＋

「あら、綺麗な、バラ」

廊下で、菊村さんに声をかけられた。

相変わらずの、ちぐはぐなコーディネート。そして、赤いトートバッグ。

「あ、こんにちは」布由は、バラの花束を惜しむように抱きかかえた。

「それ、どうなさるの？」

「ママ……母がバラが欲しいっていうんで、持ってきたんですけど、今日は、なんだかご機嫌斜めで。捨ててこいって」

布由は、横暴な上司のパワハラ被害を訴える部下のように、吐き捨てた。

「あら、二葉さん、ご機嫌斜めなの？」

「はい」

「なら、きっと、朝ドラのせいね」

「朝ドラ？」

「先週からはじまった、朝ドラよ。『三匹の子豚』」

「ああ、あれ」

「三匹の子豚」。確かに、話題になっている。職場でも、再放送がはじまる正午に合わせて、食堂が込み合う。

が、布由はそのドラマもその人込みも好きではなかった。だから、最近では、外で買ったお弁当をデスクで食べている。

「二葉さん、あのドラマを見ると、どういうわけか不機嫌になるんですよ」

「そうでしょうね。ママは、あの手の話は苦手なんです」

「あの手の話？」

「はい。不遇な女性が道を切り開き、成功するような話。そのくせ、そういうドラマほど、熱心に見るんですけどね。ぶつぶつ文句を言いながら。……ほんと、ややこしい性格です。……でも、認知症になった今でも、ドラマを見るんですね。理解できてるんでしょうか？」

「認知症といっても、お母さんの場合、完全にあっちの世界に行っているわけではありませんからね。あちらとこちらの世界を行ったり来たりの段階。だから、連続ドラマを見ることは、いいリハビリになるのかもしれませんね」

「でも、不機嫌になるんじゃ、逆効果ですよ」

「それもそうですけれど。なにも感じなくなるよりは、よほどマシですよ」

「まあ、……そうかもしれませんね」

「そうそう、ちょっとお話があるんですけれど、今、お時間、いいかしら？」

「え？　……まあ」

「だったら、ロビーに行きましょうか」

話というのは、案の定、お金のことだった。

「で、都合はつきましたか？　月曜日までに振り込みが確認できないと、病室を変わることになるんですって」

「はい。大丈夫です。このあと、ちゃんと振り込みますので。……五百万円」

「ああ、よかった。……でも、いいの？　このままあの部屋で。もっと安い部屋に移れるように、手配しましょうか？」

「いいんです。ママが、あの部屋を気に入っているので。あの部屋じゃないと、死ぬって言うものですから。……もっとも、口だけですけどね。でも、なるべく、ママの希望は叶えてあげたいんです」

「偉いわ」

菊村さんが、シワシワの目元に涙を溜めながら、手を握ってきた。

「ほんと、偉い。お母さんのために、そこまで。……うちの息子に、あなたの爪の垢を煎じて飲ませてやりたい」

「……息子さんが、いらっしゃるんですか？」

「ええ。……訳あって、養子に出しちゃったんですけど。……それがいけなかったのか、ろくな人生送ってない。まったく、手の焼ける息子よ、何歳になっても」

「……そうなんですか」

「あなたのような娘さんを持って、二葉さんは幸せ者ね。きっと、こう思っているわよ。この子を産んで、よかった……って」

「……そうでしょうか」

「そうよ。そうに決まっている。……でも、心配よ。あなた、どうやって、お金を工面しているの？」

「……借りたんです」

「借りたの？　どうやって？」

「ボールペンで」

「え？　ボールペン？」

「……ボールペンで、借金の申込書に記入したんです」

「そう。でも、返済が大変じゃない？」

「それも、大丈夫です。ちゃんとしたところから借りていますんで。菊村さんが想像しているようなところからは借りてませんので」

「なら、いいんだけど。……でも、本当に偉いわ。お母さんのために、そこまで」

「……いいえ、そんな」

「本当に、凄い、偉い。……感心するわ」

「……あんな母ですが、私にとっては、かけがえのない家族なので」

「家族だって、そこまでできないものよ。本当に、あなたは偉い」

菊村さんに、「偉い、偉い」と連呼されて、布由の小鼻が自然とうごめく。が、

「二葉さんも、偉いわ」

と言われたとき、小鼻がきゅっと縮こまった。

「母が……偉い？」

「だって、女手一つで、あなたをこんなに立派に育てて」

どういうわけか、この言葉に、カチンときた。

布由は、教師に間違いを訂正する生徒のように、語気を強めた。

「……母が、あんなですから、私がしっかりしなくちゃいけなかったんです。私は、母を支えて生きてきたようなものです」

「あんな？」

「はい。母は、昔から、変なんです」

「どういうこと？」

「……ミュンヒハウゼン症候群って、ご存じですか？」

「ええ。聞いたことはあるわ。精神疾患のひとつよね。周囲の関心や同情を引くために、自傷行為を繰り返したり、詐病したり」

「まさに、それです。母は、私が物心ついた頃から、それだったんです」

「つまり、どういうこと？」

菊村さんの視線が、からみついてくる。布由は、その視線を引き寄せると、伏し目がちで言った。

「……母の右人差し指に、黒い点があるんです」

「黒い点？」

「はい。ほくろです。ただのほくろです。母は、それを武器にして、今までずいぶんと人を騙してきました」

「どうやって、騙すの？」

「『巨人の星』ってご存じですか？」

「ええ、もちろんよ。星飛雄馬ね」

「その星飛雄馬の初恋の人が、患っていた病気……」

「メラノーマ？」

「よく、ご存じですね」

「もちろんよ。あれは、有名なエピソードですもの。アニメを見ない私ですら、何度も何度も再放送するものだから、自然と覚えてしまったわ」

「はい。たぶん、母も、それからヒントを得たんだと思います。母は、ある日突然、指に死の星ができたって。……そして、ことあるごとに、それを私に見せて、私を脅かしました」

「脅かす？」

「子供にとって、親の死はなによりの恐怖です。その恐怖をちらつかせて、母は、私を思い通りにしようとしたのです」

「たとえば？」

「おなかが痛いわけではないのに、おなかが痛い振りをしろとか」

「どういうこと？」

「父の気を引くためです」

「え？　……どういうこと？」

「母は、父の愛人で……。つまり、父には家庭がありました。その父をつなぎとめるために、私を利用したんです。父は、基本的に優しい人です。私の具合が悪いといえば、なんとか都合をつけて、会う機会を作ってくれました」

「なるほど」

「だから、私は体が弱い振りをしなくてはならなかったんです。でも、私は体だけは丈夫で。どんなに演技をしても、つい、ボロが出てしまうんです。そのたびに、母に叱られました。そして、人差し指を差し出して、『言うことを聞かないと、ママ、死んじゃうよ？』と、脅すんです。それでもボロが出てしまう私に、母は、いつもの注射をするんです……」

「注射？」

「インスリン注射です」

「糖尿病患者の？」

「はい」

「健康な人があんなものを打ったら、大変じゃない」

「はい。大変でした。低血糖になり、何度も死にかけました」

「インスリンなんて、どこでそんなものを」

「職場からです」

「え？」

「母は、都立病院の看護師でした」

「……ああ、なるほど」

「母は、自分が糖尿病になったと嘘をついて、自分に気がある薬剤師からインスリンを直接もらっていたんです。インスリンだけではありません。睡眠薬もたくさんもらっていました」

「なんで、直接もらえたの？」

「病院にかかると、世間の目がある。娘の将来のためにも、親が病気だといろいろと面倒だ……とかなんとか目に涙をいっぱいためて、薬剤師の男を騙していたんです」

「よくそんな嘘を、薬剤師の男は信じたものね」

「本当にそうです。でも母は、そういう嘘がとても上手いんです。相手に疑問を持たせないように、話をあれこれとかき回して、繰り返し繰り返し同じことを言うんです。インスリンがないと、死んでしまう……って。まさに、詐欺師の手口です。ちゃんとした筋道を封じ込んで、その場をぐるぐると何度も回らせる。すると三半規管がダメになり方向感覚も空間感覚も麻痺して、ついには目の前の嘘をうっかり信じ込んでしまう」

「すいか割りみたいね」

「ああ、そうです。すいか割り。まさにそれです。……薬剤師の男だけではなく、父もまた、被害者でした。父はいつでも目隠しをされて、母の『右、左、前、後ろ』という嘘に振り回されていました。正常な判断ができずにいたんです」

「なるほど。お父様は、方向感覚を狂わされてしまったのね」

「私もです。……私も、方向感覚を狂わされてしまいました」

「でも、あなたは、今、ちゃんとしているじゃないですか」

「……家を出たんです。……十年前のことです」

「じゃ、あなたが二十四歳のとき？」

「ええ、そうです。私が二十四歳のとき――」

布由は、慌てて腕時計を見た。「私、約束があるんです。……行かなくちゃ」

「あら、ほんと、もうこんな時間なのね」

「このバラ、よかったらもらってください」

「いいの？」

「はい。捨てるのもなんなんで」

「ありがとう。じゃ、ありがたくいただくわ」

14

「あら、布由ちゃん？」

石坂二葉は、ゆっくりと頭をドアのほうに向けた。

バラの香りがする。娘が、戻ってきたのか？　背筋に、緊張が走る。

が、その姿を認めると、

「あら、菊村さん」

と、二葉は破顔《はがん》した。

この老女とどうやって知り合ったのか、今となってはよく思い出せない。ただ、この人といると、身も心も、芯からリラックスする。

「私の名前、今日はちゃんと覚えていてくれたのね」

菊村さんが、母親のような笑みを浮かべながら、こちらに歩いてくる。

「もちろんよ。私、人の名前を覚えるのは、得意なの」

だから二葉は、娘のように、ちょっとつっけんどんに応えた。

「今日は、調子がよさそうね」

菊村さんが、笑いながら手にしたバラの花束を、テーブルに置いた。

「このゴージャスな部屋には、バラが本当に似合うわ。ほんと、この部屋は、まるで高級ホテルのスイートルームね」

「それ、嫌味？」

「あら、まさか。なんで？」

「私は、嫌いよ、こんな部屋」

「あら、嫌いなの？」

「なんか、落ち着かない。私は普通の相部屋でいいって言っているのに、娘がね……」

「布由さんが？」

「そう。あの子は、ちょっと見栄っ張りなところがあるから」

「そうなの。この部屋は、布由さんの希望なの。てっきり、二葉さんが……」

「まさか！」

二葉は、声を上げた。

どうしたことだろう。今日は、ひどく頭がすっきりしている。いつもはどす黒い雨雲のような靄《もや》がかかっていて、思考も記憶も次々と靄の中に吸い込まれてしまうのだが、今日は、それがない。

晴れ渡る青空のように、なにもかもが鮮明だ。……きっと、この快晴のおかげだ。窓の外は、清々しいほどの冬晴れ。枯れ木もうっかり花を咲かせてしまいそうな、春の様な陽気。

「あの子の言うことは、あまり信用しないで」

二葉は、語気を強めた。

「どういうこと？」

菊村さんは、反抗期の娘をなだめるように、抑えた口調で応える。

「あの子はね、……昔からそうなのよ。周囲の関心や同情を引くためには、なんでもしたの。……この部屋だってそう。みんなに『親孝行ね』『偉いわね』と褒めてもらいたくて、私をこんなところに押し込めたのよ」

「そんなふうに考えるもんじゃないわ」

「あの子はね、〝変〟なのよ、昔から」

「布由さんは、あなたのほうが〝変〟だって」

「どこが？　私のどこが、〝変〟だって？」

「たとえば……。そう、その右人差し指のほくろ。……それをメラノーマだと言って
……」

「なんのこと？　よく覚えてないわ」

晴れ渡った冬の空が、一転、灰色になる。

「健康な布由さんに、インスリンも打っていたんでしょう？」

「なんのこと？　よく覚えてないわ」

墨汁《ぼくじゅう》のような真っ黒い靄が、頭の中にじわじわと広がる。二葉はそれを振り払うように、言った。

「……〝変〟なのは、あの子のほうよ。あの子は、お母さんにそっくりなのよ」

「お母さん？　二葉さんのお母さん？」

「そう、……お母さん」

「お母さんが、どんな人だったか、覚えているの？」

「え？」

「だから、二葉さんのお母さんが、どんな人だったか、覚えている？」

「私のお母さんは……」

頭の中に、大量の墨汁が流し込まれる。今思ったことが次々と吸い込まれていく。

「そんなことより、二葉さん。あなた、赤松三代子さんって、ご存じ？」

その問いが発せられたとき、二葉の頭の中は完全に真っ黒な墨汁に覆われた。どんなに目を見開いても、なにも見えない。

記憶も、意識も、感情も、そこにはない。

二葉は、ひくっと肩を震わせたのを最後に、電池が切れたおもちゃのロボットのように、その動きを止めた。

でも、聴覚は、いまだ正常に稼働していた。

誰かがしゃべっているのも聞こえる。

「三代子さんよ。生き別れになった、あなたの妹さん。彼女、今、生活に困ってらしてね。生活保護を申請しているんだけど……」

誰？　いったい、誰が、喋っているの？　あなたは誰？

「二葉さん？　聞こえてる？　二葉さん？」

二葉さん？　それ、誰？

「じゃ、話を変えるわね。……斉川一美さんって、ご存じ？」

もしかして、ひーちゃんのこと？　それなら、少し、覚えている。

「あなたの、生き別れになったお姉さんよ」

お姉さん？ そうだったかしら。

「あなた、その人を恨んでなかった？」

ええ、恨んでいたわ。だって、あの女、私の彼と――。

「それで、睡眠薬を飲ませて――」

睡眠薬が欲しいといったのは、あっちよ。だから、私、渡したわ。たくさん、渡した。

死ぬ程、渡した。……だから、死んだ。

死んだよね？ あれ、どっちだっけ？

…………。

「ああ、二葉さんたら、また、あっちの世界に行ってしまったのね。……仕方ないわね。テレビでもつけましょうか。二葉さん、テレビが大好きだものね。……子供の頃から」

そして、がちゃがちゃと煩い音声が、部屋中に響き渡る。

「二葉さん。ニュースがはじまったわよ。あなた、ニュースが大好きだったじゃない。特に、不幸なニュース。それが不幸であればあるほど、あなた、悲しんでいる振りして、笑っていたじゃない。……子供の頃から」

煩いわ。煩い。それ、消してくれない？　頭が割れそうよ。……ね、それ、消してくれない？　なのに、その人のおしゃべりは続く。……ね、本当に、あなた、誰？

「どこかの不動産会社の会長……三好宗太郎って人が、詐欺で逮捕されたみたいよ。……架空のアパート経営の投資話を餌に、サラリーマンから多額のお金を盗みとった疑い……ですって。……被害総額、三十億円ですって。……大手企業の管理職を対象に、詐欺を働いていたみたいよ。……でも、あれね。騙すほうも悪いけど、騙されるほうもどうかと思うわよ。……ね、そう思わない、ふーちゃん」

「…………」

「あら、本当に眠っちゃったみたいね。なら、もう、私、行くわね。タクシーを待たせてあるのよ――」

15

「うそ。三好宗太郎って。……新藤さんのことじゃない。……あの人、逮捕されたの？」

　土曜の夜。そのニュースをネットで見つけた布由は、驚きとともに、安堵のため息を吐き出した。

そろそろ潮時《しおどき》だと思っていたんだ。どうやって別れを切り出すか、悩んでいたところだったんだ。だって、会うたびに、遠回しに体の関係を求められるようになっていた。五百万円を振り込んだのだって、それを期待してのことだろう。その証拠に、「裸の写真を送ってくれ」と、何度もメールがあった。

……不能なくせして。あのエロじじい。

でも、まさか、詐欺師だったなんて。

私に振り込んだ五百万円も、誰かを騙して手にしたお金？

……まあ、どうでもいいけど。

でも、ちょっと痛いな。なんだかんだいって、極上の客だった。月に二回のデートで、会うたびに、二十万円。しかも、ちょっと涙を流せば、五百万円を振り込んでくれるような、バカだったのに。

そんなバカ、そうそういない。この穴を、どうやって埋めよう？

……ううん。これからは、もっと手堅くいこう。私も、なんだかんだいって三十半ば。女としての価値も落ちてきている。これからは、少ない稼ぎでも、細く長く付き合える堅実な相手とだけ、仕事をしよう。

たとえば、林部長。

あんな冴えないおじさんだけど、年収は軽く一千万円を超えている。住宅ローンは支払い終わり、奥さんは中学校の教師で、子供は独立。つまり、収入のほとんどを自分で自由に使えるのだと、いつかの飲み会で自慢していた。貯金もたんまりとあるらしい。

一回のデートで三万円しかくれないけれど、こういう男ほど、いざというとき役に立つものだ。

よし。明日の横浜のデートでは、一か八か、百万円をおねだりしてみよう。いつもの方法で。

……と、思っていたときだった。

林部長からメールが届いた。

「ごめん、明日の約束、キャンセルさせてほしい」

＋

週が明けて、月曜日の朝。

R製薬の更衣室では、いつにも増して、激しいおしゃべりが飛び交っていた。

「どうしたんですか？」

近くにいたヤマザキさんに声をかけてみる。

「林部長、詐欺に遭ったみたいよ」

「え？」

「ほら、ニュースにもなっている、アパート経営詐欺。部長、あれに騙されていたみたい。そういえば、逮捕された不動産会社の会長、先週うちに来てたよね。……ほら、あなたがお茶を出したじゃない」

「え？　……ええ、まあ」

「きっと、お金の受け渡しが行われていたのよ」

「……お金の受け渡し……」

「テーブルに、なにか置いていなかった？」

「ああ、そういえば、茶封筒が……」

「それよ、それ。それ、現金だったのよ」

「現金……」

「それとも、嘘の契約書の可能性もあるわね。いずれにしても、そのせいで、林部長、会社を辞めさせられたみたいなのよ」

「詐欺の被害者なのに？　なぜ？」

「部長、自分のお金はもちろん、会社のお金もつぎ込んでしまったんだって」

「え？」

「つまり、横領。それで、懲戒解雇。会社は、刑事告訴の準備もはじめたみたい」

「横領……」

「総額二億円ですって。……やるわよね。あんな真面目そうな顔してさ。……ほんと、人って分からないわよね」

「二億円……」

「高峰さんがみつけたんですって、横領の証拠を」

「高峰さんが？　お局様の？　……なぜ？」

「あら、知らないの？　高峰さんは、ただのお局様じゃないのよ。人事部のスパイなの。ああ見えて、創業者一族の一員。あちこちの部署に入り込んでは、社員の不正を見つけているんですって」

「そ、……そうだったんですか」

「あなたも気をつけたほうがいいわよ。メールとか、全部見られているから」

「メール？」

「まさかと思うけど、会社のパソコンで、私用メールとかやり取りしてないよね？」

「も、もちろん。そんなことしてません」

そうは言ったが、布由の背中を、次から次へと汗が流れていく。

私用メール、した。……林部長と。

デスクに行くと、そこには大量の本が積まれていた。表紙には、「社史」と印刷されている。

＋

「おはよう、石坂さん」

その声は……高峰さん？

振り向くと、案の定だった。高峰さんが、腕を組みながら、高圧的な視線でこちらを見下ろしている。

「あなた宛に、手紙が来ていたわよ」

と、高峰さんが、一通の茶封筒をデスクに投げ置いた。

差出人の名前はない。消印は、横浜。

「ありがとうござい――」

「あ、それと。あなたの仕事、今日からそれだから」

と、高峰さんが、矢のように言い放つ。

「え？」

「だから、その社史、手書きで写して。一文字も間違えないように、お願いね」

「………」

「本当はさ。今すぐにでも契約解除したいところだけど。……まあ、あなたも歳だし、そう簡単に次は見つからないかな……と思って。本来の契約終了日まで、ここに置いておくことにしたの。温情判決よ」

「温情……」

「あと一ヶ月。それまで、この社史をすべて写してね。……すべてよ！」

そう言い残して、高峰さんはその場を去っていった。

「……バレちゃったなら、仕方ない」

そう観念し、社史の一冊をとろうとしたとき。

右人差し指の爪の横に、小さな黒点を見つけた。

「やだ。あのときのボールペン。まだ、とれてなかったんだ」

ウェットティッシュを取り出して、指に擦り付けてみる。

が、黒点はとれない。

「嘘。なんで？　なんでとれないの？　なんで？　嘘でしょう？」

呆然と、指を見つめる布由。

『これはね、メラノーマという名前のお星様なのよ。これができると、必ず死ぬの』

母の声が聞こえたような気がした。

そして、

『too late よ』

そう言い捨てる母の顔が、見えたような気がした。

(幕間)

僕は、声をひそめると、改めて質問した。

「イシザカフタバ、イシザカフユって、誰なんですか?」

「いや、それはこちらが知りたい」

オールバックの男が苦笑いする。そして、

「菊村藍子さんのバッグの中に予定帳があったのですが。そこに、イシザカフタバ、イシザカフユの名前がありまして。特に、イシザカフタバという人に、頻繁に会いに行っているようなのです。小金井の病院に入院している人らしくて——」

ここまで言ったとき、丸坊主の男が「おい」と、オールバックの男を小突いた。どうやら、オールバック男は、少々おしゃべりがすぎるらしい。隠しておかなくてはいけない情報までうっかり漏らしてしまうのが常習になっているようだ。

丸坊主の男は、オールバックの男を後ろに退かせると、自ら前に出て言った。

「ところで、菊村藍子さんは、『NPO法人　ありがとうの里』の代表をされている

「代表といいましても。一人でやっているだけですから」父が、少し困惑した表情で答えた。

「一人で？」

「立ち上げたときは、何人かメンバーもいたようですが、今は一人で」

「なるほど。ちなみに、この『ありがとうの里』というのは、いったいどういうことを？」

「主に、貧困に苦しんでいる人を助けていたようです。生活保護を受けさせたり、相談にのったり」

「なるほど、それで、赤松さんの相談にものっていたということでしょうかね」

「たぶん」

「ちなみに、あなたは、赤松さんとは？」

「え？　なぜ？」

「いいえ、特には。あくまで〝ちなみに〟なので」

丸坊主の男は、妙な笑みを浮かべた。

父もまた、対抗するように妙な笑みを浮かべると、

「ああ、それと――」と、話を微妙に逸らした。

「え？　なんですか？」オールバックの男が、ひょいと首を伸ばす。

「『ありがとうの里』の活動内容です。冤罪《えんざい》を訴えている死刑囚を支援する運動もしていたようです」

「死刑囚？」

今度は、丸坊主の男が身を乗り出してきた。オールバック男もすかさず手帳を取り出すと、慌ててメモを取り出した。

「ほら、去年の十一月に獄死した、死刑囚ですよ。入間毒油事件の――」

「ああ、蛇岩鶴子？」

「はい。母は、蛇岩鶴子の支援も行っていました。蛇岩鶴子の冤罪を勝ち取るために、戦っていたんです」


そんな話は、初めて聞いた。

僕は、そっとその場から離れると、玄関口までやってきた。

そして、スマートフォンを手に取ると、すかさず、

「いるまどくあぶらじけん　へびいわつるこ」と入力、検索してみる。

すさまじい件数のサイトがヒットした。そのひとつ、ネット百科事典インターペディアにアクセスしてみると――

「……昭和三大毒事件のひとつか」

そんな有名事件を引き起こした犯人を、ばあちゃんが支援していた？

死刑が確定したというなら、真犯人は蛇岩鶴子で間違いないだろうに、冤罪を証明するために戦っていた？

あれ、そういえば。

僕は、今更ながらに気づいた。

確か、ばあちゃんは、埼玉県生まれだ。しかも、入間あたりじゃなかったか？

そうだ。小さい頃、よく連れて行ってもらった。「飛行機、見に行こうか？」と。

そう、あれは、航空自衛隊入間基地の航空祭。でも、それが目的ではないことは、幼いながらも理解していた。なぜなら、航空ショーをそうそうに切り上げ、僕たちはタクシーに乗り込んだ。目的地は、電車はもとよりバスも通らないような山間の、小さな集落。ばあちゃんはそこを訪ねては、なにか物思いに耽っていた。

もしかして、ばあちゃん、蛇岩鶴子となにか特別な関係でも？

「蛇岩？」

僕は、さらに気がついた。

ばあちゃんに連れられていった山間の小さな集落。「蛇岩村」と言わなかったか？

そうだ。蛇に岩。そう書かれた看板だか標識だかを見た僕は、ばあちゃんに訊いたことがある。

「あれって、なんて読むの？」

「〝へびいわ〟って読むんだよ」

「へびいわ？　……ヘビがいっぱいいるの？」

「そう、昔はね。この辺には、ヘビがうじょうじょいたんだよ」

「怖いよ！」

「怖いことはないよ。ヘビは、神様だからね。守り神なんだよ」

「神様？」

「そう。大昔。〝縄文時代〟と呼ばれた頃から、ヘビは神様だったんだよ。人々の暮らしを守る、大切な神様」

「へー」

「ほら。あそこの岩に祠《ほこら》があるだろう？」

「うん」

「あの祠には、ヘビの神様が祀られているんだよ。それが、この村の名前の由来なんだよ」

「へー」

「そして、この祠をあの岩に奉納した人が、〝蛇岩〟と呼ばれるようになった。それが、名主様だ」

「名主様？」

「村で一番偉い人だよ。そして、この村の土地のほとんどを所有している人だよ」

ばあちゃんの顔が曇ったことをよく覚えている。そして、

「欲を張りすぎたから、あんなことになったんだよ」

と、つぶやいた。

そのときは、なんのことかさっぱり分からなかった。

でも、もしかして。

僕は、インターペディアの記事に視線を這わせた。

『蛇岩鶴子の実家は、村の名主筋。戦後の農地解放で田畑の大半を失ったとはいえ、農地解放の対象から外れた林野はそのまま所有し、相変わらずの村の実力者だった。当時、蛇岩家の当主は鶴子の兄。奔放な妹に手を焼いていて――』

そして、事件が起きた。村の人口の十分の一にあたる四十二人が、毒殺されたのだ。その犯人とされたのは、蛇岩鶴子。が、鶴子は頑として無実を主張。

仮に、鶴子の主張が正しいのだとすれば。……じゃ、いったい、誰が毒を盛ったというのだろう。

もしかして、ばあちゃんには心当たりがあるんじゃないのか？　だから、鶴子を支

援し続けたんじゃないのか？

僕は、さらに検索を重ねた。

今度は、匿名掲示板だ。ここには、表には出ていない裏の真実が埋もれている場合もある。無論、〝真実〟とみせかけたフェイクであることがほとんどなのだが。でも、小さな小さな真実が転がっている可能性も否定できない。事実、なにか事件が起きると、マスコミの連中は真っ先に匿名掲示板を参照すると聞いたことがある。

「あ」

僕は、指を止めた。

匿名掲示板の『未解決事件』板に、『入間毒油事件の真相』というスレッドが立っている。

そこには、こんな投稿記事があった。

『蛇岩鶴子は真犯人じゃない。それを分かっているから、死刑が確定しているのに40年も放置していたんだよ』

つまり、蛇岩鶴子は冤罪。真犯人は他にいる。それは――

『そいつが犯人だという目撃証言もいくつかある。でも、全部握りつぶされてきた。警察や検察のメンツというやつだろう。一度挙げた犯人を無罪放免するわけにはいかないって。他の冤罪事件と同じ構図だよ』

どういうことだ？　目撃証言？

そこまで記事を追って、もう限界だと、僕は観念した。玄関先は、さすがに寒すぎる。スマートフォンを懐にしまうと、僕はロビーに戻った。

ロビーの壁にかけられたテレビモニターに、なにやら人が集まっている。

テレビに映し出されているのは、見たことがある女優だった。

「ああ、朝ドラか。……『三匹の子豚』」

僕も、見ている。いわゆる女の一代記的なドラマだが、まあ、それにしても波乱万丈だ。昨日結婚したかと思ったら、今日には離婚している。そして、先週成功したかと思えば、今週はどん底に叩きつけられて。とにかく、一瞬でも気を抜いていると、あっというまに物語が進んでしまう。

だから、僕は途中で脱落した。はじめのうちは真剣に物語を追っていたが、今は、時計代わりにチャンネルを合わせているだけだ。

……と、そのとき、気がついた。

「あれ？　おやじは？」

父がいない。ロビーをぐるりと巡ったがいない。いるのは、例のオールバックの男。手持ち無沙汰に、ぼんやりと、テレビを見ている。

「あの。……父は？」

訊くと、

「なにやら、用事があるとかで」オールバック男が、恨めしそうな顔で言った。「帰っちゃいましたよ」

またか。でたよ。逃避モード。

唖然とする僕に、

「そうそう。この方、ご存じですか？」

と、オールバック男が、一枚の名刺を差し出した。

見ると、

『新報新聞　平野克子』

と書かれている。

平野克子？

「この名刺を見た途端、お父さん、仕事を思い出しましたから……と帰っちゃったんですよね」と、オールバック男が唇をタコのようにすぼめた。

「この名刺は、どこに？」僕が訊くと、

「菊村藍子さんの財布の中にあったものです」と、オールバック男。

「ばあちゃんの……財布の中に？」

「あなた、〝平野克子〟という人に心当たり、あるんですか？」

オールバック男が、顔を近づけてきた。

僕は、それを器用に避けながら、改めて名刺を見た。

平野克子。心当たりがあるもなにも、この人は——。


立ちつくしていると、今までどこにいたのか、丸坊主男がやってきた。その手には新聞。新報新聞の朝刊のようだ。

「そこの売店で買ってみたんだけど」言いながら、新聞をオールバック男に向けて広げる丸坊主男。「ちょうど、平野克子が書いた記事が出ているぞ」

「え？」

僕も、覗いてみる。


『女の自立を促すのか、それとも邪魔をするのか。朝ドラ「三匹の子豚」の行方』


という見出しが見える。

どうやらそれは、インタビュー記事のようだった。インタビューの対象は『三匹の子豚』のシナリオを書いた斉川亜樹。

『三月九日、午後二時。東洋テレビ、貴賓室。今最も輝いている女、シナリオライター斉川亜樹に話を伺った――』

という一文から、それははじまっていた。

3 幕

「あんたたちは、そろそろ独立する年頃だよ」

お母さんに家を追い出された三匹の子豚。

「あたしこそが、一番立派な家を作る」と、それぞれの思いを抱いて、それぞれの道を歩いていました。

すると、一番上のひーちゃんが藁の山を見つけました。それはそれはふかふかと柔らかい、それでいて張りのある立派な藁で、

「なんて、幸運なの！　これで家を作れば、きっと立派なものになるわ！」

と、ひーちゃんは、早速、家を作りはじめました。

思った通りでした。できあがった藁の家は、惚れ惚れするような、いかにも住心地のよさそうな、それはそれは立派なものでした。

藁の家は近所でも評判になり、いろんな人が見学に訪れました。その中に、いかにも優しげな一人のおばあさんがいました。

「ひーちゃん、素敵な家を作ったね」

「ありがとうございます」

「中の様子も見てみたいんだが。入れてくれないか？」

「いいえ、それはダメです。中には入れられません」

ひーちゃんは、断りました。なぜなら、ひーちゃんには分かっていたのです。そのおばあさんの正体は狼だということを。頭巾で隠されたその口が大きく裂けていることを。

こんなヤツを家に入れたら最後、食べられてしまう。

「どうしても、中には入れてくれないんだね？」

「はい。どうしてもダメです。もう、帰ってください」

「なら、こうしてやるよ」

そうしておばあさんは頭巾を取ると、その大きな口で息を吐き出しました。

その一息は、とてつもない嵐のようでした。藁の家は、あっという間に吹き飛ばされてしまいました。

「ああ、やっぱり、狼」

逃げるひーちゃんでしたが、狼から逃げられるはずもありません。

ひーちゃんの頭は、またたくまに、狼の口の中に吸い込まれました。

がりがりがり。

ひーちゃんが最後に聞いた音は、まさに、自分の頭蓋骨が砕ける音でした。

一方。二番目のふーちゃんも立派な木の家を作りあげていました。たちまちのうちに評判になり、いろんな人が見学に訪れました。その中に、いかにも優しげな一人のおばあさんがいました。

「ふーちゃん、素敵な家を作ったね」

「はい。頑張りました」

「中の様子も見てみたいんだが。入れてくれないか？」

「いいえ、それはダメです。中には入れられません」

ふーちゃんは、断りました。なぜなら、ふーちゃんは気が付いていたのです。そのおばあさんの正体は狼だということを。ブラウスの袖に隠されたその指の爪が、ナイフのように光っていることを。

こんなヤツを家に入れたら最後、食べられてしまう。

「どうしても、中には入れてくれないんだね？」

「はい。どうしてもダメです。もう、帰ってください」

「なら、こうしてやるよ」

そうしておばあさんは、ブラウスの袖を引きちぎると、その鋭く尖った爪を振りかざしました。

その一振りは、とてつもない津波のようでした。木の家は、あっという間にバラバラにされてしまいました。

「ああ、やっぱり、狼」

逃げるふーちゃんでしたが、狼から逃げられるはずもありません。

ふーちゃんの首に、狼の爪が迫りました。

しゅーしゅーしゅーしゅー。

ふーちゃんが最後に聞いた音は、まさに、自分の血が吹き出す音でした。

16

二〇一八年三月九日、午後二時。

東洋テレビ、貴賓室。

平野克子は、シナリオライターの斉川亜樹に名刺を差し出した。

「新報新聞、文化部記者の平野克子と申します」

が、斉川亜樹は「はい」と小さく頷くだけで特に自己紹介もなく、克子の名刺を受け取るとちらりと見ただけで、それをテーブルに投げるように置いた。ご機嫌斜めなのだろうか。それとも、そもそもそういう性格なのだろうか。……いずれにしても、案の定、面倒くさそうな女だ。克子は、彼女の隣に視線を移した。そこに陣取るのは、北上史朗プロデューサー。不自然に、髪がふさふさだ。気合いが入っている。

「このたびは、『三匹の子豚』の大ヒット、おめでとうございます」

克子は、まずはそう言って、場を和ませようとした。なのに、

「いやいや、たいしたことではないよ」

と、北上が我が物顔で口を挟むものだから、空気がますます淀む。斉川亜樹の顔が、明らかに歪んでいる。

こういうぴりぴりした場面は、本当に苦手だ。

克子は、うんうんと喉を鳴らして調子を整えると、まるで就職の面接を受ける学生のように、にこりともせずに続けた。

「『三匹の子豚』、本当に面白いです。私も欠かさず見ています。貧しい家庭に育った女性が、苦難を乗り越えて成功を摑む。……公共放送の傑作朝ドラ『おしん』に匹敵する展開で、一日も目が離せません。このドラマがはじまってから、学校や会社の遅刻が多くなったそうです。私も実は、何度か遅刻してしまいました」

ここで、ようやく克子は少しだけ笑ってみた。そして、ボイスレコーダーをテーブルに置くと、

「では、早速、『三匹の子豚』はどのようにして生まれたのか、その経緯をお聞かせください」

「ああ、それはだね――」

北上が相変わらずの得意顔で答えようとしたが、克子はそれをやんわりとかわすと、ボイスレコーダーをあからさまに斉川亜樹の方に寄せた。

北上が、バツが悪そうに鼻の頭をかく。

それを見て、斉川亜樹の顔も少しだけ綻ぶ。そして姿勢を正すと、彼女は言った。

「きっかけは、四年ほど前のことです。朝ドラ用のシノプシスを北上プロデューサーにお渡ししたんです」

「四年前？　ということは、そのときはお蔵入りに？」

いきなり言い当てられてドギマギしたのか、「いや、お蔵入りではない」と、北上が言葉を挟む。「タイミングをはかっていたんだ、タイミングを」

「タイミング？　どんな？　たとえば、斉川先生がE賞にノミネートされるタイミング？」

ズバズバと言い当てられて、北上がしどろもどろに言葉を濁す。

「E賞は関係ないよ。あれがなくても、いつかドラマ化しようと思っていたからね」

「でも、E賞の影響は大きいんじゃないですか？　その証拠に、あのノミネートがあるまでは、斉川先生のお名前を、地上波テレビで拝見する機会はめっきり減っていた。……つまり、干されていましたよね？」

「……まあ、それは――」

克子の鋭い斬り込みに、さすがの北上もいよいよ口を閉ざした。そして、「二人で勝手にどうぞ」と言わんばかりに、椅子ごと体を後退させると、スマートフォンを取り出し、それをいじりだした。

さあ、これで邪魔者はいない。ゆっくり話を聞かせてください……とばかりに、克子は身を乗り出した。

17

「斉川亜樹に会ってきたんですか？」

コーヒーでも淹れようかとボイスレコーダーのイヤホンを抜いたところで、声をかけられた。

見ると、契約社員のヤマモトさんが、ワクワクと好奇心に満ちた視線で、こちらを見ている。

苦手な人物だ。妙に馴れ馴れしい。が、無視するわけにもいかない。パワハラだと騒がれたら、たまったもんじゃない。

「うん。今、インタビュー内容をまとめているところ」

克子は、眼鏡をはずしながら、言った。

ヤマモトさんが、にやりと笑う。

そのピンク色、似合いますね～などと言われたのは、今朝のことだ。もちろん、嫌味だ。ダサい、似合わない、バカみたい……という本音が聞こえるようだった。……いつもかけている眼鏡が割れちゃって。これは予備の眼鏡なのよ。そう言ってはみたが、まるで下手な言い訳のようだった。

「で、なに？」

ヤマモトさんがなかなかそこを動かないものだから、つい、言葉がきつくなる。

「やだ、怖いぃぃ」

ヤマモトさんの甲高い声に、向こう側のデスクで居眠りしていた男性記者が、蛇のように頭を上げた。

「……ああ、そういえば、ヤマモトさん、『三匹の子豚』の大ファンだったんだっけ？」

克子は、不本意ながら、自ら話題を振った。

「はい、そうなんです！」

隣の席が空いているのをいいことに、ヤマモトさんがどかりと陣取った。

『『三匹の子豚』というより、斉川亜樹の大ファンなんです！」

「……ああ、そうなの」

「私、本当はシナリオライター志望で、スクールにも通っていたんですけどね。十年ぐらい前の話ですが」

向こう側のデスクの男性記者が、興味なさそうに、再び居眠りをはじめる。

自分もそろそろ仕事に戻りたい。適当に相槌を打って、この場を終わらせなくちゃ。克子は、相手にも分かるように、誠意のない相槌を打ち続けた。

「……スクールに？　へー」

「でも、シナリオライターって、やっぱり色々と難しいですよね」

「……へー」

「本の内容よりも、コネが最優先されるというか」

コネ？　ふん。実力のないやつほど、そういうことを言い出す。克子は少々の嫌味を込めて、言った。

「でも、結局は、内容でしょう？　内容がよくないと、ダメでしょう？」

「そりゃ、そうですけど。でも、同じレベルの本が二つあったとしたら、最終的には、コネがものを言うんです。コネがある人の本が採用されちゃうわけですよ」

「まあ、そういうことはあるかもね」克子は、うっかり、納得の相槌を打ってしまった。それを打ち消すかのように、「でも、やっぱり、内容――」

「スクールに通っていた子で、いましたもん。あからさまに枕営業をする子が」

「枕営業？」

「そう。講師で来ている局プロデューサーとかに色目をつかって、自分を売り込むんです」

「でも、このご時世、さすがに枕営業はないんじゃない？」

克子は、いつのまにか、その体をヤマモトさんのほうに向けていた。適当にあしらうはずが、まんまとのせられた形だ。この子は、こういうところが抜群に上手い。天性のものだろう。だから苦手なのだが、一度のせられたら、止まらない。

「女が枕営業をしかけてきても、男のほうが断るでしょう。下手したら、セクハラで事件になる。もしかしたらハニートラップかもしれないし」

「女に枕営業をかけられたら、断らないのが男ってもんです。セクハラで訴えられるかもしれない、ハニトラかもしれない……というリスクを分かった上で、そこに裸の女がいたら、覆いかぶさるしかないんです。……ほんと、男ってバカ」

「まあ。それは、否定しないわ」

「で、斉川亜樹も、そのスクールに通っていたみたいで。私が通っていた十年前からさらに五年ぐらい前の話ですから……二〇〇二年とか二〇〇三年とか、そのあたり」

「二〇〇二年……」

あの人と出会った年だ。克子は、ぼんやりと、夫の顔を思い浮かべた。今ではいいおっさんだが、当時はなかなかのイケメンで、ライバルも多かった。彼を落とすのにどれだけ苦労したことか。……そんな自分の健気な姿も浮かんできて、克子はふいに笑った。

「え？　なにか可笑しいですか？」

「ううん。なんでも。……続けて。斉川亜樹が、あなたと同じシナリオスクールに通っていて――」

「入学した時期が違いますので、私は直接、斉川亜樹には会っていないんですが。……彼女はもうすでに、伝説の人でした」

「伝説？」

「枕営業の亜樹って」

「枕営業の……亜樹？」克子の体が、ますますヤマモトさんに吸い寄せられる。

「はい。そりゃ、手当たり次第だったみたいですよ。でも、そういうところも、なんだか憧れちゃうんですよね。だって、そういうのって、自分に自信がなきゃ、できないじゃないですか」

「まあ、そうね」

「私みたいな中途半端な十人並みの女は、枕営業したくても、どうしてもブレーキがかかっちゃうんですよ。せいぜい、飲み会でおっぱい触られて、終わり」

向こう側のデスクで居眠りしていた男性記者が、再び、蛇のように頭を上げた。その惚けた顔がおもしろくて、克子は煽るように言った。

「ただでおっぱい触らせたの？」

「はい。……セクハラで訴えればよかったたって、後悔しています。ほんと、悔しい」

「でも、あなたにも下心があったんじゃない？　おっぱいの代償に、仕事のチャンスをもらえないかって」

「もちろん、ありましたよ。でも、触られ損。ほんと、あのエロP、思い出しただけでもむかつきます」

「エロP？」

「東洋テレビの局プロデューサーですよ。スクールの名誉顧問に名を連ねていて、特別講師として講義に顔を出していたんですけど。……えっと、名前は――」

「北上史朗？」

「あ、そうです。北上史朗。あの男は、ヤバいですよ。生まれながらの、エロオヤジ。なのに、権力はありますからね、逆らえない。ほんと、むかつく」

「まあ、あの人は、あまりいい噂はないわね。仕事はできるんだろうけど」

「もしかして、会ったことあります？」

「え？　……うん。さっき。斉川亜樹のインタビューのときに、同席していた」

「ああ、やっぱり！」

「やっぱり？」

「あの二人、できているんですよ、知ってました？」

「あの二人？」

「だから、斉川亜樹と北上史朗」

「……へー」

「スクールにいた頃からみたいですよ、噂では。……斉川亜樹は、北上史朗プロデューサーの愛人なんですよ」

「……愛人」

「やっぱり、プロデューサーの愛人にならないと、あの世界ではやっていけないんですよね」

「そんなことはないと思うけど」

「いいえ、そうなんです。……結局、北上史朗に気に入られなきゃ、やっていけないってことに気がついて、私、スクールも辞めたんです」

「でも、なにも、北上史朗だけじゃないでしょう？　プロデューサーは。女性のプロデューサーだっているじゃない」

「そうですけど。でも、どこに行っても、結局は同じなんですよ。プロデューサーに気に入られなければ、シナリオライターなんてやっていけない。それを悟って、潔く、私は辞めたんです。……今は、小説家を目指しています。仕事をしながら、小説を書いているんです。小説家なら、まだ、チャンスはあるかな……って」

「まあ、よくは知らないけど、小説家も小説家で、色々と大変なんじゃない？」

「そうでしょうか？　やっぱり、スクールに通ったほうがいいでしょうか？　そして、講師の小説家に気に入られたほうが……」

向こう側のデスクの男性記者が、もうそろそろお開きだとばかりに、席を立つ。

克子もそれに倣《なら》って、コーヒーでも飲むそぶりでマグカップを手繰り寄せてみたが、

「斉川亜樹と北上プロデューサー、やっぱりヨリを戻した……と考えていいんでしょうかね？」

などと、ヤマモトさんが言ってきたものだから、克子の手は止まった。

「ヨリを戻した？」

「噂では。あの二人、一度は別れているんですよ。その期間、斉川亜樹も干された状態が続いていて。このまま消えるのかな……と思ったら、この大復活。やっぱり、ヨリを戻したんでしょうかね？」

「E賞の影響じゃない？」

「それだけでしょうか？」

「E賞にノミネートされたんだから、もう枕営業なんてする必要もないじゃない？」

「そうかな……」

もう、その話はおしまい……とばかりに、克子はマグカップを手にすると、今度こそ立ち上がった。

が、すかさず、

「あ。今、給湯室のコーヒー切れてますよ？　派遣さんに補充をお願いしているところです」

などと、克子を引き戻す。その顔には、とっておきの話、聞かせましょうか？　と書かれている。

克子は、敗北を認めるように、体を椅子に戻した。

「噂なんですけどね」ヤマモトさんは、勝者の瞳で、前置きした。

そんなのいいから、話を続けて！　とマグカップを少々乱暴にデスクに置いたとき、リクエストに応えるように、ヤマモトさんは言った。

「斉川亜樹には、お子さんがいるようなんです」

「え？　子供？」

「え？　ご存じありませんでした？」

「……続けて」

ヤマモトさんは、ますます勝ち誇ったように顎をくいと上げると、続けた。

「そのお子さん、北上プロデューサーの隠し子なんじゃないかって」

「隠し子？」

と、そのとき。

「平野さん！　電話。内線三番」

と、はす向かいのデスクから声がかかった。事務全般を任せている、アルバイトだ。アルバイトといっても、もう五十近い、このフロアの最古参だ。「忙しい、忙しい」が口癖で、このフロアを陰でしきっているところがある。そんな彼女のご機嫌を損なうことはできない。本当は、ヤマモトさんの話を優先したかったが、「ありがとうございます」と、克子は慌てて、身近な電話機の受話器をとった。

「今日は、ありがとうございました」

その声は、斉川亜樹だった。

「あ、いえ、こ、こちらこそ……は？」

克子は、しどろもどろで答えた。まさに、噂をすればなんとやらだ。

「……なにか、ありましたでしょうか？　な、……なにか、問題でも？」

「いいえ。ちょっとお訊きしたいことがありまして」

「はい、なんでしょう？」

「先ほどの取材で、〝生活保護〟の話が出てきましたが、〝生活保護〟には詳しいんですか？」

「は？　……はい。……いや。……専門ではないのでそれほど詳しくはないですが、以前、他の部署にいたとき何度か記事にしたことはあります」

「なら、教えてください。『生活保護法による保護決定に伴う扶養義務について』というのは、どういうことでしょうか？」

「ああ、それは。……生活保護を申請すると、扶養照会が行われるんです。扶養義務のある親族に援助が可能かどうか照会するんです」

「扶養義務のある親族というのは？」

「配偶者、直系血族、兄弟姉妹ですね。これらは〝絶対的扶養義務者〟といわれ、互いに扶養義務があります。なので、生活保護を申請すると、絶対的扶養義務者には扶養照会の連絡がいきます」

「……それでは、叔母は？」

「は？」

「たとえば、母親の妹、つまり叔母が生活保護を申請したら、どうなりますか？　姪や甥にも扶養義務はあるんでしょうか？」

「叔母さんならば三親等にあたりますから、その姪や甥は、〝相対的扶養義務者〟になります。なので、絶対に扶養しなければいけない義務はないんですが、……時と場合によっては、扶養照会されることもあるかもしれません」

「時と場合とは？」

「……経済力？」

「例えば、姪や甥が社会的に成功していて経済力があると判断された場合とか」

「はい。扶養できるだけの経済力があると判断されれば――」

「……なるほど」

「それにしても、なぜ、こんなことを訊かれるんですか？」

「いえ。……シナリオのネタにならないかな……と思いまして」

「『三匹の子豚』ですか？」

「いえ、それとはまったく関係ありません」

「そうですか。……そうそう、今、取材のときのボイスレコーダーを聞いていたんですが、私のほうからもひとつ、質問よろしいですか？」

「なんでしょう？」

「斉川先生のお母様は、三姉妹の長女だとおっしゃってましたが——」

「はい」

「では、他の二人の妹さんは、今どうしているのか。それが気になりまして」

「……知らないんです」

「え？」

「母が言うには、生き別れになっていると」

「生き別れ？」

「母が小さいときに、ばらばらになったんだそうです。だから、……知らないんです」

「では、生死も分からない？」

「はい」

「……あ、もしかして、先ほどおっしゃってた〝叔母〟さんというのは——」

「あ。忙しいところ、ありがとうございました。では、失礼します」

斉川亜樹が、一方的に電話を切ろうとしている。

克子は、受話器を握りなおした。そして、叫ぶように言った。

「下手に、断らないほうがいいですよ。よくお考えになって」

「は？　どういうことですか？」

「生活保護に対して、国民の目は年々厳しくなっています。先生ほどの有名人が扶養義務を果たさなかった……なんてことになったら、先生のお名前に傷がつきます。……前にもいたじゃないですか。父親を扶養せずに、生活保護を受けさせていた芸能人が」

「あ……」

「あのときのバッシング、覚えてらっしゃいますか？」

「ええ」

「あの芸能人はそれをきっかけに人気急降下。今では、ほとんどテレビで見ることはなくなりました。……だから、先生も」

「いいえ、違うんです。さっきも言いましたが、……私は、ただ、シナリオのネタにしたいだけで」

「そうですか。それならいいんですが。でも――」

「お忙しいところ、ありがとうございました」

斉川亜樹は今度こそ、受話器を置いたようだった。

残されたのは、「ぷーぷーぷー」という、神経を逆なでするような、機械音。

見ると、ヤマモトさんはもうそこにはいなかった。

なにもかもが、中途半端だ。

克子は思った。……なにもかもが、中途半端だ。まるで、私の人生そのもの。

私の人生、なんでこうも、中途半端なの⁉

更年期の症状なのか、ここ最近、唐突に、そんな大袈裟な絶望感がやってくる。それに拍車をかけるように、「ぴっ」と、メール受信を知らせる音。メールを見ると、

「今夜の取材、キャンセルさせてください」

それは、とある大物小説家の秘書からだった。

なんてこと！　この取材のために、半年前から席を押さえていたというのに！

ああ、やっぱり、なにもかもが、中途半端！

ああ、もう！

克子は立ち上がると、近くのコンビニでプレミアムコーヒーを買ってくることを思いついた。

濃いコーヒーが功を奏したのか、克子の思考は、いつもの調子を取り戻していた。

再び、ボイスレコーダーのイヤホンを耳に押し込もうとしたその瞬間、

「なんで、生活保護のことなんか？」

と、斉川亜樹の先ほどの電話を思い起こした。

克子の中にざわざわとした好奇心が渦を巻きはじめた。

「やっぱり、斉川亜樹の親族に、生活保護を申請している人が？」

間違いない。彼女は有耶無耶《うやむや》にしていたが、生活保護を申請している親族がいるのだ。

克子は、パソコンのキーを引き寄せると、「斉川亜樹」と入力してみた。

が、ヒットするのはいつものネット百科事典ばかり。そこには、生年月日、デビュー年、簡単な経歴しか記されていない。

そうなのだ。斉川亜樹は、半ば覆面作家。家族やデビュー前の経歴については、謎の部分が多い。

「あ、でも。シナリオスクールに通っていたって」

克子は、細い首をさらに細くのばして、契約社員のヤマモトさんを探した。

化粧室に続くドア前で、ポーチを抱えたヤマモトさんを見つけた。時計を見ると、十八時十分前。終業時間前のメイク直しに行くのだろう。

「ヤマモトさん！」

克子は、その姿を追いかけた。そして、その腕を掴むと言った。

「ね、今日、飲みに行かない？　いいところを知っているのよ」

「え、でも」

「紀尾井町《きおいちょう》にできた商業施設。知ってる？」

「もちろん。……でも」

「そこのお寿司屋さん。行かない？」

「え？　もしかして、予約の取れない店で有名な、ミシュラン三ツ星の、あのお寿司屋さん？」

「うん。……実は、今夜、取材のために予約していたんだけど、土壇場でなしになっちゃって。キャンセルするのもなんかもったいないな……って」

「はい！　行きます、行きます！　絶対、行きます！」

＋

「え？　斉川亜樹についてですか？」

ミシュラン三ツ星の寿司を一通り堪能して上機嫌なヤマモトさんは、小さなゲップをひとつ飲み込んだ。

ガリをつまみながら、克子は続けた。

「うん。斉川亜樹のことを記事にしたいんだけど、今日の取材内容だけでは奥行きがない。それで、斉川亜樹の過去にもスポットライトを当てたいと思うの。だから、あなたが知っている情報があったら、教えて欲しいの」

「分かりました」

ヤマモトさんは、奢ってもらったお礼だとばかりに、自分が知る限りの情報を吐露していった。

「さっきも言いましたが、私は会ったことはないんですけどね。だから、噂にすぎないんですが。……といっても、斉川亜樹とつきあっていたスクールの講師から聞いた話なんで、噂というよりは、ほぼ実話だと認識していいと思います。

斉川亜樹って、どうやら、中卒みたいです。いや、中学もろくに卒業してないんじゃないかな。中学生のときに家出して、そのあとホームレスのようなことをしていたって。男の家を渡り歩いていたんじゃないかな。体を代償にして、一夜の宿を求める……みたいな？　だから、朝ドラ『三匹の子豚』のヒロインって、たぶん、斉川亜樹自身なんじゃないかと思います。あのヒロインも、中学生のときに家出していますよね？

そういうところも、凄いな……って思うんです。隠しておきたい自分の過去を、あんな形で暴露して。しかも、朝ドラで。私にはできないかな。さすがに、自分の黒歴史は封印しておきたいもん。

でも、自分をさらけ出さなくちゃ、作家業なんてできないんですよね。それを思い知ったから、私、シナリオの道は諦めたんです。今は小説を書いていますが、小説も、なんだかんだいって、自分の過去の傷口を広げる作業。たとえ百パーセント創作だとしても、ところどころに、自分自身が投影されちゃうじゃないですか。最近、つくづく、思うんですよね。私には向いてないな……って。

だって、極端にいえば、自慰をさらけ出すようなこともしなくちゃいけない。性器を不特定多数の人に見せるような真似も。……そういうことができるのって、ほんと、一握りなんですよね。私にはできない。

その点、斉川亜樹は、自分の体と過去を商売道具にして、ここまで来た。いろいろと言う人はいるかもしれないけど、それってなかなかできないことですよ。

でもね。そんな斉川亜樹も、なにか隠していることがあるんじゃないかって、思うときがあるんです。その秘密を隠すために、そのほかのことを暴露している……っていう気がするんです。

と、いうのも。彼女のテーマって、共通していて。

それは、『母親』なんですよね。あるいは、『母親と娘』の関係性。

私、何度も言いますが、斉川亜樹の大ファンで、彼女の作品はすべて録画して、何度も何度も見ています。ときには、本《シナリオ》を取り寄せて、それを繰り返し繰り返し読み込んだりして。斉川亜樹作品の評論を書かせたら、たぶん、私が一番だと思うんです。自信があります。そんな私が言うんですから、間違いありません。テーマはこんなにはっきりしているのに、彼女の作品はどれも、なんとなく靄がかかった感じで終わるんです。『母親』という強烈なテーマがありながら、その実像はあいまい。というか、虚像の可能性すらある。……私、それがずっと気になっていて。

もしかして、なにか大きな『真実』を隠しているんじゃないか？　世間を欺《あざむ》いているんじゃないかって。

いずれにしても、斉川亜樹って人は、不思議な魅力を持った人です。ミステリアスです。そこが、人気の秘密なんでしょうね。男の人も、そこに惹かれちゃうのかも」

ヤマモトさんは、ここで一休みとばかりに、ガリを箸でつまんだ。

が、克子は続きを促した。

「どういうこと？」

「だって、いくら女のほうが頑張って枕営業したところで、その人にある程度魅力がなければ、営業にはならないじゃないですか。私、ティッシュ配りのバイトをしたことがあるんですけどね。ティッシュですら、そうそう簡単にもらってくれないんですよ。配っている人によって、受け取ってもらう率が全然違う」

「タダのティッシュなのに？」

「そう、タダのティッシュだからこそ、差が出るんです。配っている人によって、差が出ちゃうんです」

「そんなものかしら」

「そんなものです。平野さんは、ティッシュ配りのバイトは？」

「したことない」

「学生時代は、どんなバイトを？」

「小さな編集プロダクションで校正とか編集の手伝いをしてたかな。あとは、図書館とか」

「なるほど。どれも、〝営業〟は必要ないものばかりですね」

「生まれてこの方、〝営業〟なんてしたことないわ」

「へー」

ヤマモトさんが、ガリを箸の先で弄びながら、なにか嫌らしげに笑った。「うらやましい。私なんて、生まれてこの方、ずっと〝営業〟ですよ」

「どういうこと？」

「私、三人兄弟の真ん中で。親の関心をこちらに向けるために、物心ついた頃から〝営業〟しています。保育園に行ったら、保育士に〝営業〟、小学校に行ったら、友達や先生に〝営業〟。そのせいで、〝八方美人〟だといじめられたこともありましたよ。それでも、〝営業〟しないことには、生きてこられなかったんです。私のような、なんの取り柄もない、十人並みの人間は、なにもしなかったら、ずっとずっと放って置かれて、見向きもされないんです。

親ですら、私の存在を時々忘れていますからね。こちらが積極的に連絡をとって、母の日、父の日には忘れずにプレゼントを送って、それでようやく、私のことを思い出してくれるんです。……それでも、忘れられちゃいますけどね。去年なんか、叔父が亡くなったというのに、私にだけ連絡がなかったんですから。『叔父さん、今どうしているの？』って話を振ったら『あら、いやだ。死んだわよ、知らなかったの？』だもの。ほんと、いやんなっちゃう」

さすがにしゃべりすぎたのか、ヤマモトさんは「はぁぁ」と大きなため息をつくと、ワイングラスを引き寄せた。が、その中はもうすでに、ない。ヤマモトさんが、まるでどこぞのポン引きのような目で克子を見る。これが、彼女のいう、〝営業〟なのだろうか。だとしたら、なんとも哀れだ。

「お代わり……する？」

その営業力に負けて、克子は言った。もうすでに三杯空けている。

「はぁぁ」今度は、克子がため息をついた。いったい、今日のお勘定はいくらになるのか。取材だったら経費で落ちるが、さすがに、今日は自腹だ。

……いや、違う。これは、〝取材〟だ。そうだ。斉川亜樹の記事を書くための取材の一環なのだ。だから、〝経費〟でいいのだ。……よし。自分も飲もう。

ヤマモトさんの分と、そして自分の分のワインを追加注文すると、克子は赤ら顔のヤマモトさんに向かって言った。

「ね、斉川亜樹の話、もっと聞かせてよ。子供がいるとかなんとか、言ってなかった？」

「子供のことですか？……私がその噂を聞いたのは、スクールにいたときだから、十年ぐらい前かな。そのとき、去年出産した……って。その話が本当なら、今、十一歳？」

「十一歳？　小学五年生？」

「そうなりますね」

「斉川亜樹が、二十八歳のときの子？」

「えっと」ヤマモトさんは、指を折りはじめた。「そうですね。そうなりますね。デビューしたのが二十四歳だから……その四年後。まさに、ヒット作を連発して、大ブレイクしていた頃ですね」

「でも、斉川亜樹、結婚はしてないわよね？」

「だから、北上プロデューサーの子じゃないかって、噂されているんですよ」

「でも、斉川亜樹が、北上とできていたのは四年前でしょう？」

「よく、ご存じで」

「当時、噂になっていたじゃない。週刊誌なんかに載ったりして」

「ああ、そうでしたね。確か、斉川亜樹と北上プロデューサーのプ、ラ、イ、ベ、ー、ト画像が、リークされちゃったんですよね」

ヤマモトさんは〝プライベート〟の部分を、いかにも嫌らしく、妙なイントネーションをつけて言った。

「しかし、なんですね。なんで、あんな画像が流出しちゃうんだろう。だって、あれ、北上プロデューサーのスマホで撮られたものですよね？　週刊誌にはそう書いてありました」

「画像を保存していたスマホがハッキングされたとか？　ウイルスに感染したとか？」

「まあ、その可能性もありますけど。でも、そんな偶然任せなんかじゃなくて、もっと必然的なことだと思うんですよね」

「必然的？」

「そう。たとえば、斉川亜樹、または北上プロデューサーがあえて、自らリークした」

「あえて、リーク？」

「でも、それはないかな。だって、斉川亜樹も北上プロデューサーも、すでに成功者。そんな売名行為をする意味がない。それどころか、リスクしかない。実際、斉川亜樹はあの騒ぎで、干されちゃったわけですから」

「まあ、確かに、そうね」

「売名行為でないとすれば、復讐」

「復讐？」

「そう。斉川亜樹、または北上プロデューサーに恨みを持っている者が、二人に復讐するために、リークした。その場合、身近な人である可能性が大きいですね」

「身近な人？」

「北上プロデューサーのスマホを手に取ることができる人。たとえば、家族」

「家族？」

「ずばり、北上プロデューサーの奥さん！」

ヤマモトさんが、クイズの司会者のように右手を振り上げた。その拍子に、ワイングラスが倒された。幸い空だったが、場違いな音が店内に響く。カウンターの向こうから、鋭い視線。白衣姿の職人が、こちらを睨んでいる。が、職人の顔にはすぐに心配顔の仮面が装着され、「お怪我はございませんか？」などと、おしぼりが差し出される。

おしぼりを受け取りながら、

「私、絶対、北上さんの奥さんだと思うんですよ、あの画像を週刊誌にリークしたのは」

と、ヤマモトさんは続けた。

「私が奥さんなら、リークするな。だって、悔しいじゃないですか。復讐してやりたくなるじゃないですか。あんな画像を見たら。そう思いません？」

「そう？」

「あれ？　なんの話をしていたんでしたっけ？」

「斉川亜樹がシングルマザーで、その子供の父親が誰か……って話」

「ああ、そうでした。私は北上プロデューサーだと思うんですけどね。だって、スクール時代から愛人関係」

「でも、斉川亜樹は、いろんな人に〝営業〟していたんでしょう？」

「おっしゃる通り」

「じゃ、他にも候補はたくさんいるんじゃない？」

「確かに。……父親は他にいるかもしれませんね」

「当時のこと、知っている人はいないの？」

「当時のことですか？……あ。さっき話しましたよね。スクール時代、斉川亜樹と少しだけおつきあいしていたという講師がいるんですけれど、彼だったら、なにか知っているかも」

「斉川亜樹とつきあっていた人、ね」

「はい。と、思っているのは本人だけで、斉川亜樹にしてみれば、〝営業〟の一環だったんでしょうけどね」

「誰？」

「シナリオライターの……」

その名前は聞いたことがあった。

「昔は、ちょっとは名の知れたドラマも手がけていたようです。でも、もうずっと前のこと。今は、年金暮らしの、しみったれたおじいちゃん。でも、業界のコネをことさら強調する人で。あいつは俺が育てた、あの監督は俺が食わせてやった……なんて感じで。

あんな終わったおじいちゃんにまで〝営業〟するんだから、斉川亜樹は手当たり次第ですよ。尊敬はしますけど、真似はしたくないですね。……ああ、その人に連絡してみます？　スクールの名簿がありますから、明日、持ってきますね」

18

「斉川亜樹？」

その老人は、笑っているのか照れているのか、それとも触れられたくない過去をほじくり出されて憤っているのか、白髪交じりの長い眉毛をハの字に垂らしながらも、荒々しく言った。

「活躍だよね、彼女」

老人は、克子が渡した名刺を、そのしわしわの指で何度もさすった。続けて、見せつけるように年季の入った革の名刺入れを恭《うやうや》しく懐から出した。

その中には、今にもあふれ出そうなほど、大量の名刺が詰まっている。その量に耐えかねて、革がところどころひきつり、縫い目がところどころぱっくり割れている。が、詰め込まれている名刺はどれも黄ばんでいて、ここ数年のものではない。その中に、自分の名刺が差し込まれると思うと、なんとなく気が滅入る。

「ああ、遅れました。これ、僕の名刺」

そして老人は、今更ながらに自身の名刺を引き抜くと、それを克子の前に置いた。そこには、おびただしい文字が印字されている。シナリオライター協会会員、シナリオスクール講師を筆頭に、今まで関わってきたであろう団体や組織の名前がこれでもかと。

克子は、改めて、老人を見た。電話したのは今朝のことだ。はじめは、その業界の古株にありがちな横柄な拒絶をくらったが、新報新聞の名前を出すと、途端に態度を変えた。取材をしたい旨を伝えると、「ずっと予定が入っているが、今日だったらなんとかなる。仕事の合間を縫って、取材に協力してやる」などと恩着せがましい台詞を吐きつつも、それから四時間後の午後二時、老人は所沢《ところざわ》の自宅からわざわざ、新橋《しんばし》のこの新聞社までやってきた。しかも、ぱりっとしたスーツ姿で。

彼は、自分自身が取材の対象だと思いこんでいるようだった。その意気込みが、スーツからにじみ出ている。なのに、初っぱなから「斉川亜樹」の名前を出したものだから、老人は、ふいに膝かっくんを食らった人のように、照れ笑いと怒りが同居するような表情で、克子を睨み付けるのだった。

「活躍だよね、斉川亜樹」

老人は、嫌味を込めて、繰り返した。「まさか、こんな活躍をみせるなんて、思ってもみなかったな」

「斉川亜樹さんは、先生の教え子なんですよね？」

先生と呼ばれて機嫌をなおしたのか、老人は、歯をむき出して笑った。見るからに人工と分かるその歯は、白々しいほどに白い。

「ああ、僕の教え子だ。でも、あまりいい教え子とはいえなかったな。どちらかというと、出来は悪かった」

老人は、椅子の背もたれに体を預けると、往年のスターがするように足を組んだ。

「あんまり出来が悪いんで、何度か個人授業をしてやったんだよ」

「個人授業？」

「出来は悪いんだけど、なにか放っておけない感じの子だったから。それに、いいものは持っていたからね。磨けば、なんとかなると思った。だから、僕のコネクションを使えるだけ使って、彼女にチャンスを与えたんだ」

「聞いたところによると、斉川亜樹さんとおつきあいされていたとか？」

「おつきあい？」

老人は、また、その白い歯をむき出しにした。

「まあ、そうだね。はっきり言うと、僕たちはそういう関係だったよ」

「つまり、肉体……」

「そういうことだね」

「講師という立場を利用して？」

「おい！」

老人は、組んでいた足をほどくと、腰を浮かせた。

「まさか、斉川亜樹が、そんなことを言っているのか？　大昔のことを蒸し返して、セクハラだとかなんとか。……ああ、そうか、分かった。最近もあったよな。セクハラされた！　と騒いでいた女流作家が。なるほど、なるほど、それで、今日、僕を呼び出したのか。今日の取材は、それが目的か。言っておくが、僕は自分から誘ったことは一度もない。あっちから誘ってきたんだ。証拠だって、ある。当時のメールをとってあるんだ。それを読めば、一目瞭然だ。最初に誘ってきたのは、斉川亜樹のほうだ！」

老人の声が、部屋中に轟《とどろ》く。一応、密閉された会議室だが、隣の部屋とは薄い壁で隔《へだ》てられているだけだ。丸聞こえだ。

いや、そんなことより、こんなに興奮しては、血圧が危ない。この年頃の男性は、ちょっとしたことで血圧が信じられない数値まで上がる。それが原因で、突然死する人もいるぐらいだ。こんなところで倒れられても困る。克子は、慌てて、目の前の老人を制した。

「いえ、斉川亜樹さんは、そんなこと一言も。先生のことだって、一言も」

「え？　じゃ、なに？」

気勢をそがれたのか、老人はへなへなと、体を椅子に戻した。

「お聞きしたいのは、斉川亜樹さんのことなんです。スクール出身のある人物が言っていました。先生と斉川亜樹さんは、つきあっていたと。斉川亜樹さんを一番知る人物だろうと。だから、先生にお話を聞きたいのです。斉川亜樹さんのことを」

「なるほど」老人の血圧が、平常値に戻ったようだ。「で、彼女のどんなことを聞きたいの？」

「斉川亜樹さんの子供のことです」

「子供？」

「はい。妊娠したと。しかも、未婚の状態で」

「ちょっと、待て。もしかして、その父親が僕とでも？」

「いえ、そうではなく。……父親のこと、ご存じかな？　と思いまして」

「言っておくが、僕ではない。断じて、ない。だって僕は……」

老人が、おいたをしたチワワのように、しゅんとうなだれる。「僕は、腎臓をずっと患っていてね。透析にも通っている。薬も毎日飲んでいる。……つまり、あっちのほうはもう、全然ダメなんだよ。……分かる？」

「はい。分かります」

「だから、斉川亜樹にどんなに誘われても、僕はその誘いにのることはできないんだ。その代わりといっちゃなんだが、僕は、彼女のためにはできる限りのことはしたよ。僕が持ちうるコネを、彼女のためにとことん利用した。その甲斐あって、彼女は、二十四歳という若さで、ドラマのチャンスを摑んだんだ。そして、大成功。そのあとは、もう僕のことなんかすっかり忘れちゃったようでさ。連絡すらない。……踏み台にされただけなんだよ、僕は」

「…………」

「川端康成《かわばたやすなり》の、『眠れる美女』って知ってる？」

「え？　……ああ、えっと」

「ざっくりというと、眠っている裸の美女と添い寝する老人の話だ。僕と斉川亜樹の関係は、まさにそれ。添い寝。それだけだよ。だから、僕は、彼女の子供の父親になれるはずもない」

「……そうですか」

「父親は、あの男じゃないのか？　北上とかいう男」

「北上史朗ですか。東洋テレビのプロデューサー」

「斉川亜樹がまだスクールにいた頃、僕が、彼女を東洋テレビに連れて行ったんだよ。なのに、あの女ときたら、早速北上に狙いをつけて、〝営業〟をはじめた」

「営業」

「彼女が、そう言ったんだよ。北上さんに〝営業〟かけてますって。まあ、つまり、そういうことだろう。僕もまた、〝営業〟の一環だったんだな……と、その夜、珍しく男泣きしたよ」

「男泣き？」

「ああ。恥ずかしながら、老いらくの恋ってやつだよ。僕は、彼女を本気で好きだった。彼女のためなら、全財産をつぎ込んでもいいとすら思っていた」

「…………」

「なのにあの女の尻の軽さは、綿毛以上だ。捕まえたと思っても、ふわりと他の男の股間に飛んでいきやがる。……あんなに母親を憎んでいたのにな、結局、母親と同じようなことをしているんだよ、あいつは。哀れな女だ」

　血圧が下がりすぎたのか、老人は、今度は譫言《うわごと》のように言った。

「斉川亜樹さんの母親のことをご存じで？」

「直接は知らない。が、斉川亜樹がことあるごとに母親への恨み節を垂れるものだから、なんだかまるで知り合いのように、脳みそに刻み込まれてしまった」

「斉川亜樹さんの母親は、今は？」

「彼女が中学生のときに、死んでいる」

「え？」

「表面上は自殺ってことになっているけど。殺害されたらしいよ」

「殺害？」

「男関係で、いろんな女に恨まれていたらしい」

「男関係？」

「男をとったとかとらないとか。そんなトラブルがしょっちゅうあって。で、揉めていた女の一人に殺されたんだってさ」

「本当の話なんですか？」

「ああ、本人から聞いたから。もっとも、彼女の話はどこまでが本当でどこからが作り話なのか、分からないけどね。でも、この話だけは、本当だと思っている。彼女が、泥酔したときに、ぽろりと漏らした話だからね。真実が心の中で発酵し続けて、それが限界を迎えて、どかんと爆発したような感じで暴露したんだ。ずっとずっと、隠してきたんだろうね。きっと、本人も話したことは覚えてないだろう。……それにしても、どうして僕は、こんなことを君に話しているんだろうね？」

「え？」

「君のその顔、ひどく切羽詰まっている。まるで、崖っぷちに追いやられた検察官のような凄みがある。そんな人間を前にしたら、しゃべる他ないでしょう？」

「…………」

「いずれにしても、ミステリアスな女だよ、斉川亜樹は。そういう女に、男は弱いもんなんだよ。つい、手を差し伸べたくなる」

「男の……サガというやつですか？」

「まあ、下世話な言葉でいえば、そうなるね」

「話を戻します。……斉川亜樹さんの子供のことですが」

「さっきも言ったじゃない。僕の子供ではない、残念ながら」

「じゃ、やっぱり、北上？」

「その線が濃厚だよね。あいつは尻軽女だが、北上とはずるずる続いている。案外、二人とも本気なのかもしれないな」

「本気？」

「ああ。既成事実を作って、北上と奥さんを別れさせるつもりだろう。奥さんにしてみればとんだ災難だ」

「子供の父親は、やっぱり、北上でしょうか？」

「そんなの。……本人に聞くのが一番だろう？」

「そうなんでしょうが。……他の男の可能性はないですか？」

「他の男？　……ああ、そういえば」

「なんでしょう？」

「もう一人、いたな。スクールにいた頃、斉川亜樹と同棲していた男が」

「同棲？　誰ですか？」

「自称ミ、ミ、ミ、ミュージシャン。……ああ、確か、名刺をもらった記憶が……」

老人は、パンパンに膨れ上がった名刺入れを探りはじめた。ああでもないこうでもないと探しているうちに、テーブルはさながら名刺見本市。それは、一種の自己顕示欲見本市のようにも見えた。小さな四角い紙に込められた「自分を見てください」の羅列。……軽いめまいを感じていると、

「あ、あった」

と、老人が一枚の名刺をピックアップした。

「これだ、これ。……しかし、なんだ、いろんな肩書きがあるな、こいつ。ライター、ボランティア、ミュージシャン、投資家……。いったい、どれが本業なんだか」

まるで自らを笑っているようで、克子は少しおかしくなる。

「当時、スクールに通っていた男なんだが。……斉川亜樹の、同期になるかな。馬が合っていたようで、よく一緒にいたよ。本人は否定していたけれど、あれは恋人同士の雰囲気だった」

「〝営業〟ではなく？」名刺を引き寄せると、克子は早速、その内容を手帳にメモし

ていく。

「営業ではないね。だって、あんなやつに営業したところで、なんの役に立つっていうんだい。何者でもなかったんだぜ？　今でもきっと、何者でもないんだろうな。分かるんだよ。こういう名刺を作るやつは、死ぬまで〝何者〟にもなれないって」

「…………」

「ああ、もうこんな時間だ。講義の準備をしなくちゃいけない」

「シナリオスクールですか？」

「専門学校の夜間講義。小説の書き方講義だよ」

「小説？」

「ほんと、いやんなる。最近は、書きたい連中ばかりが増えて。その癖、本も新聞も、ろくすっぽ読まないんだからね」

「……そうですね」

「で、この記事、いつ載るの？」

「え？」

「記事になるんでしょう？　このインタビュー。掲載日が決まったら、教えてよ」

「それはなんとも」

「ああ、そうだよね。新聞は、週刊誌とかと違って、事前には教えてくれないんだよね」

「すみません」

「しかし、そういう新聞社の姿勢はよくないな。もっと、オープンにしたほうがいいと思うよ。でないと、ますます売れなくなる。信用されなくなるよ」

「ご忠告、ありがとうございます」

老人が見せてくれた名刺の内容をメモ帳に書き写すと、克子はすっくと立ち上がった。

「本日は、ご足労ありがとうございました」

「もう、いいの？　他に聞きたいこと、ない？」

「はい。もう充分です」

「そうかい？」

そして老人は、名残惜しそうに椅子から腰を浮かせた。

＋

「ああ、斉川亜樹か。活躍だよね」

男は、懐かしさと嫌悪が入り交じった表情で言った。

テーブルには、先ほどもらった彼の名刺。随分とシンプルだ。老人から見せてもらった名刺は、あんなに肩書きだらけだったのに。目の前の名刺には、「ライター」とだけ。

が、それほど売れてはいないのだろう。

その住所は、例の老人から見せてもらった名刺の住所と同じで、そこは古い木造アパートだった。

新聞記者という立場上、住所を見たら、その場所をすぐさま確認してしまう癖が染み着いている。昔はわざわざそこまで足を運んだものだが、今では、ネットであっというまだ。その建物のリアルな雰囲気まで、知ることができる。

その建物は、地方から上京したばかりの者が住むような簡易宿舎ばりのアパートで、普通の人なら更新を待たずに退去するような物件だ。そんなところに住み続けているのだ。成功者からはほど遠いだろう。

が、少しは進歩しているようだった。「ライター」という肩書き一本に絞って活動するという選択は、悪いことではない。彼なりに、ようやく「覚悟」を決めたということなのだから。

「このボロアパート、来月には出るんですよ。さすがに、新婚生活には向かない」

男は、克子が渡した名刺を見ながら、克子の心を見透かすように言った。

「新婚生活？」

「結婚するんです」

「あ、それは……おめでとうございます」

「俺にとっては、なんだかんだ言って、住心地のいい部屋だったんですけどね。あいつも、気に入っていた。落ち着くって」

「あいつ？」

「斉川亜樹ですよ」

「やはり、おつきあいされていたんですか？」

「おつきあい……っていっていいのかな。どちらかというと、同志って感じですね。切磋琢磨する仲間……というか」

「恋人ではなかったんですか？」

「まあ。……そういう関係になったことは、数回あります。でも、勢いというか、成り行きというか。……若いときは、そういうこともあるじゃないですか」

「さあ。私にはよく分かりませんが」

「でも、俺たちはあくまで、同志でしかなかった。それ以上でもそれ以下でもない。……あいつ、本命は他にいましたからね」

「本命？　どなたですか？」

「局プロデューサーの……」

「北上史朗？」

「ああ、そうそう、そいつ」

「ところで、斉川亜樹さんは、妊娠したと聞きましたが」

「ああ」男の顔が、少し曇った。

「妊娠したのは、確かだよ。相談された」

「父親は、あなたですか？」

「俺ではない。あいつもそう言っていたし、俺にも覚えはない」

「でも、関係はあったんですよね？」

「さっきも言ったけど、勢いで、数回ね。しかも、スクールに入ったばかりの頃ですよ。……思えば、あいつ、俺を利用しようとして、俺に体を差し出したのかもしれない」

「あなたを利用？　失礼ながら、あなたは――」

「確かに、俺は何者でもない。利用する価値もない。だけど、スクールに入ったばかりの頃は、それなりに、利用価値はあったんだよ、こんな俺でも」

「どういうことですか？」

「俺はこんなだけど、一応、人望はあったんだよ。顔も広いしね。俺と一緒にいれば、とりあえず、いろんな人間と出会えるチャンスはある」

「なるほど」

「それと、寝場所。当時のあいつには、それが必要だった」

「斉川亜樹さんには、寝る場所がなかったんですか？」

「そう。いわゆる、ホームレスというやつ」

「ああ。ホームレス」

「渋谷あたりに行けば、うじょうじょしているじゃない、若い女のホームレスが。キャリーバッグをがらがら引いてさ。見た目は普通のギャルだから、ホームレスってイメージはないけど。あいつもまさに、キャリーバッグを引いたホームレスだったんだよ。体を代償に、その日の宿を確保する……的な」

「でも、そんな境遇の人が、なぜ、シナリオスクールに？」

「ある人に頼まれて、俺が入校の手続きをしたんだ。ついでに、友達になってくれって」

「ある人？」

「NPO法人の……えーと、なんて名前だっけな」男は、例の老人のように、パンパンに膨れ上がった名刺入れを探りはじめた。その様子を眺めながら、克子はさらに訊いた。

「あなたと、その人は、どのようなご関係で?」

「ボランティアで知り合ったんだよ。俺、当時、ボランティアにも精を出していたからね」

克子は、メモ帳を捲った。

そこには、男の肩書きがずらずらと記されている。その中に、『どこでも行きます隊』という文字を見つけた。これか。

「高校生のときに、立ち上げたんだよ。老人ホームや児童養護施設を訪ねては、ミニコンサートをしたり、イベントをしたり」

ああ、なるほど。それが "ミュージシャン" とつながるわけか。

「それにしても、なんで、俺、こんなにべらべらとしゃべっているんだろう? 斉川亜樹のことを人にしゃべったのは、あなたが初めてですよ。……きっと、あなたが、瀬戸際の検察官のような顔をしているからだろうな。そんな顔で質問されたら、ゲロしないではいられない」

「…………」

「ああ、あった、あった。この人だよ。この人に頼まれたんだ。かわいそうなホームレス少女がいるから、助けてやってくれ……って」

そして、男は、一枚の名刺を克子の前に差し出した。

東京都杉並区方南《ほうなん》三丁目十一番三号
イーグルガーデン三〇五号
NPO法人　ありがとうの里
菊村藍子

＋

「ああ、あきちゃん。もちろん、覚えてますよ」

その老女は、うんうんと頷きながら、コーヒーをずるずると啜った。

……でも、ちょっとイメージと違う。電話の感じでは、いかにもハツラツとした、五十代の働き盛りの女性……という感じだった。その声も癇に障る程滑らかで、そして甲高かった。まさに、慇懃無礼なオペレータのそれ。が、目の前の老女は、どこからどう見てもおばあちゃんで、上はくすんだネズミ色のカットソー、……の割には、ボトムは若い人が穿きそうな黒白バイカラーのフレアスカート。チグハグなコーディネートだな……と思っていると、目が合った。克子は、咄嗟に目を逸らす。

「あきちゃん、かわいそうに、住む家もなく渋谷でうろうろしていたから、ボランティアで知り合った男性に頼んで、助けてあげたの」

「それだけですか？」

「え？　どういうこと？」

「もともと、お知り合いだったとか？」

「え？」

「だって、あきちゃん……って。なんとなく、小さい頃から知っているような感じでしたので」

「ふふふふ。さすがは、一流新聞社の記者さんね。鋭いわ」

老女は、また、コーヒーをずるずると啜った。

「まあ、知らないわけでもなかったわね。……古いお友達のお孫さんなのよ、あきちゃんは。でも、あっちは、あたしのことは知らないけどね。だから、これから先、なにかの縁で会うことがあっても、知らないふりをしようと思っているの。あきちゃんのためにも」

「古いお友達のお孫さん？」

「あら、今日は、そのことでいらっしゃったんじゃないの？」

「え？」

「あら、いやだ。あたし、てっきり、そのことかと」

老女は、相変わらず、コーヒーをずるずると啜る。

が、克子はそれをどうしても飲む気にはなれなかった。コーヒーと言われて出されたが、どうしてもコーヒーとは思えなかった。そもそも、コーヒーの匂いがしない。どちらかというと、土の匂いだ。

「お口に合わないかしら？　それ」

老女が、顎で、克子の前のコーヒーカップを指した。

「いえ。……ああ、すみません、実は、コーヒーは苦手なんです。……アレルギーで」

「コーヒーアレルギーなんて、あんまり聞かないわね」

「……すみません」

「安心して。それ、実はコーヒーじゃないのよ」

「え？」

「それ、土なの。土」

「土？」

「鹿児島産の珪藻土《けいそうど》よ。鹿児島出身の知り合いからもらったの」

「……………」

「ここだけの話。……息子のお嫁さんだった人で」

「……嫁？」

「そう。なんか、腐れ縁というやつかしら。息子と離婚してからもずるずると続いちゃっているの、その人とは」

「…………」

「どうしたの？　コーヒー召し上がれ」

「…………」

「あら、大丈夫よ。ちゃんと処理してあるから」

「…………」

「そもそも、珪藻土は昔から食べられていたのよ。太平洋戦争のときなんか、パンやお菓子に使われていたぐらいなんだから」

「…………」

「ごめんなさいね。お茶もコーヒーも切らしていて、それしかないのよ。それとも、お水でいいかしら？　お水なら――」

「いえ、大丈夫です。喉、渇いてませんので。というか、私、頻尿なので、水分は控えているんです」

「あら。そんなにお若いのに、頻尿？　もしかして、妊娠中？」

「え？」

「いえね。なんか、お顔が険しいから。もしかしたら、男のお子さんを身ごもってらっしゃるのかな……って、ずっと思っていたんですよ。男の子を身ごもると、母親の顔って、ちょっと険しくなりますからね」

「………」

「おトイレに行きたくなったら、いつでもおっしゃってくださいね」

「ありがとうございます。で、さきほどの話の続きなのですが」

「ああ。あきちゃんのこと？」

「はい。斉川亜樹さんが、古いお友達のお孫さんとかなんとか」

「あなた、本当に知らないの？」

「どういうことでしょうか」

「まあ、それも仕方ないわね。当時はあんなに騒がれた事件だけど、もう、大昔の話だもの。風化しちゃうものなのね。

……でも、今はネットというものがあるじゃない？　世間的には忘れられたことでも、ネットがあれば、一発で検索できる時代。消したい過去も、一発で。ほんと、凄い時代だわね。……携帯電話、あなた、お持ち？」

「ええ」

「じゃ、それで、調べてごらんなさいよ。『入間毒油事件』を」

「入間毒油事件？」

その事件なら、調べるまでもない。毒による殺人事件史上、最悪の事件だ。なにしろ死亡者四十二人。その犯人として逮捕され、死刑判決を言い渡されたのは、蛇岩鶴子。世紀の毒婦として、日本の犯罪史に燦然《さんぜん》と輝く。

「ちょっと、待ってください。斉川亜樹は、蛇岩鶴子の孫なんですか？」

克子は、声を震わせた。

「ええ、そうよ。あきちゃんは、蛇岩鶴子の孫よ」

「ということは、蛇岩鶴子には子供がいたんですか？」

「そうよ。娘が三人ね」

「でも、そんな情報……」克子は、慌てて携帯を取り出した。そして、『入間毒油事件』を検索。

「……確かに、娘がいたという情報があるにはありますね。……詳しくは載ってませんが」

「事件後、娘三人は施設に入れられているからね。そしてそれぞれ養子に出され、戸籍上は、鶴子ちゃんとは縁を切った状態。でも、鶴子ちゃん、娘たちのことをとても気にしていてね。その成長を、拘置所の中からずっと見守っているのよ」

「見守っている？」

「そう。あたしを介してね」

「というか。あなたと蛇岩鶴子はどのようなご関係で？」

「幼馴染よ。小さい頃からずっと一緒だった。あの子が道を踏み外して、練馬のバーで働きだすまでは」

「幼馴染？」

「そう。同じ年に生まれたの。幼稚園から高校まで、ずっと一緒だった」

そして、老女は、コーヒーカップを両手に包み込んだ格好で、まるで昔話を聞かせるように、それとも怪談でも話すかのように、滔々《とうとう》と語りはじめた。


……鶴子ちゃんの実家は、農家。芋農家だった。でも、あの子は、女優になるのが夢でね。中学生になると、町の映画館に通い詰めていたっけ。

確かに、あの子は可愛かった。でも、女優にはなれないとあたしは感じていた。

だって、当時の女優さんは、それはそれは綺麗だったのよ。この世のものとは思えないぐらい。まさに、手が届かない雲上人《うんじょうびと》。

一度、映画のロケが近所で行われてね、女優さんも何人か来たんだけど、もう、それはそれは、目が眩むようだった。あの子も思い知ったはずよ。自分には無理だって。でも、自分は女優の器じゃないって。

でも、あの子は諦めが悪いところがあってね。よくいえば、粘り強い性格。そのロケのときに知り合った助監督の口車にのって、家を出たのよ。

昭和三十年。高校二年生のときだった。

でも、結局はいいように遊ばれて捨てられたみたい。あの子が家出して四年ぐらいが経ったとき、村の若衆がおもしろおかしくこんなことを言っていた。

「あいつが、練馬のバーで働いているぞ」って。「ヤクザの情婦になっているみたいだぞ」って。

銀座でも赤坂でもなく、練馬ってところが、なんとも情けなくてね。

なんてバカな子……とも思ったけど。心配で、あの子が働いている練馬のバーに行ってみたのよ。

見違えたわ。すっかり貫禄がついちゃって。まさに、すれっからしの水商売女。

でも、彼女は言った。水商売からは足を洗うって。結婚するんだって。おなかに子供がいるんだ……って。

あまりに幸せそうに言うものだから、そのときは、「おめでとう」と言って帰ってきたのだけど。

でも、やっぱり心配だった。だって、ヤクザの子供を身ごもったところで、それが幸せな生活につながるなんて、とても思えなかった。

その心配が現実のものになったのは、その六年後。昭和四十年。

あの子が、村に帰ってきたのよ。三人の娘を連れてね。案の定、男に捨てられたらしい。本人は、自分が捨てた……なんて言っていたけど、どっちも同じよ。かわいそうに、三人娘を父《てて》なしごにしてしまったんだから。

……しばらくは、実家で三人の娘と一緒に暮らしていたけれど、実家には、お兄さんの嫁も同居していて、肩身は狭かったと思うわよ。いっつも、あたしのところに来ては、グチをこぼしていたもの。

「両親も兄も、その嫁も、自分をバカにする。まるで小間使いのように扱う。あてがわれた部屋なんか窓もない納戸だ。悔しい悔しい悔しい」って。

ときには、「殺してやりたい」なんて物騒なことも。

そのたんびに、「独立なさい。仕事をするのよ。これからは、女性も働く時代よ。女性の社長さんもどんどん増えていく。あなたは、可愛いんだし、社交性もあるんだから、必ず成功すると思うわ。そして、実家の連中を見返してやりなさいよ」って、励ましてやった。すると、あの子は、目に涙をいっぱい溜めながらも、「そうね。私、必ず見返してやるわ」って、拳を握ったものよ。

そんなある日。

ぱりっとしたスーツ姿であの子がやってきたの。大きなケースを持ってね。

「どうしたの？」と訊くと、「化粧品会社の社員になったの」って。

なんでも、化粧品の訪問販売の仕事をはじめたらしい。そのときは、彼女に勧められるまま、三千円のクリームを買ったわ。三千円よ。今なら一万円以上よ。そんな余裕はなかったけど、あの子、口だけは巧いから。なんだかその気になっちゃうの。

まさに天職だと思ったわ。事実、あの子は、村中の女たちに化粧品を売って歩いた。

二年も経つと、あの子はトップセールスウーマンにまで上り詰めた。雑誌やテレビにも出るぐらいの有名人になって。女優にはなれなかったけれど、ある意味、夢を叶えたんだな……って思った。しかも、村で一番の高台に、一軒家を建てる計画まで。

その一方、村では、妬む人も出てきてね。悪口を言う人も多かった。実家での扱いも相変わらずで、特に兄嫁とそりが合わず。

そんなときよ。あの事件が起きたのは。

忘れもしないわ。

昭和四十二年、六月十三日火曜日の仏滅。あの子は、村の集会場に村の女たちを集めたの。新発売の美容ドリンクをデモンストレーションするからって。

村の成人女性のほとんどは参加したと思うわ。あたしも参加した。女は、今も昔も「美容」には弱いものよ。綺麗になるとか、若返る……とか言われたら、ついつい誘いにのってしまうものなのよ。

確か、百人は集まったと思う。祭りでもないのにこんなに集めるんだから、やっぱりあの子の手腕は大したものよ。

まるで奥村チヨのようなキラキラとしたワンピースを着て、髪も綺麗に結って、あの子は壇上に上がった。

ほんと、綺麗だった。この子が勧める美容ドリンクなら、どんなに高くても買いたい……と、そこにいた人はみな思ったはずよ。

あたしもその一人。

「このドリンクは、スペイン産のオリーブオイルを主成分として、フランス産のローズヒップとイギリス産の月見草油と……」

憧れの国の名前が次々と出てきて、会場はため息で埋め尽くされた。しかも、有名女優の名前もたくさん出てきて、女たちのトキメキは最高潮。いますぐにでもドリンクを飲みたいと、ざわつきはじめた。そんなタイミングで、小さなコップに注がれたドリンクが配られたの。

それは、なんというか、奇妙な色をしていた。匂いも。なんというか、酸化した油のような刺激臭がした。だから、あたしはちょっと躊躇してしまって、なかなか口に含むことができなかった。

そんなときよ。会場の空気が徐々に変わっていったの。あちこちから、不気味なうめき声が聞こえる。そして五分もした頃、それまでのウキウキワクワクとした雰囲気が一気に転調し、地獄と化した。

結局、このとき、ドリンクを飲んだのは四十二人。そのうち三十一人が、その場で亡くなった。残りの十一人は重篤な中毒症状のせいで長期の入院を余儀なくされ、そしてベッドの上で亡くなった。

合計四十二人が、亡くなったのよ。その毒入りの油を飲んで。

鶴子ちゃんは逮捕され、そして長い裁判の結果、死刑を言い渡される。

でも、鶴子ちゃんはずっとずっと、無実を訴えている。私じゃない。私がやったんじゃないって。

あたしも、鶴子ちゃんは冤罪だって思っている。だって、鶴子ちゃんは成功しつつあったのよ？　そんな鶴子ちゃんが、村の女たちを毒殺する意味がないわ。

いずれにしても、かわいそうなのは、残された三人の娘。ひーちゃんに、ふーちゃんに、みっちゃん。

施設に入れられて、里子に出されて。バラバラになってしまった。しかも、三人とも、ろくな人生を歩んでいない。

鶴子ちゃんはね、三人娘に、よく絵本を読んであげていたわ。『三匹の子豚』。狼に騙されないように、そして三人とも煉瓦の家を作るように、そんな願いを込めてね。

でも、三人娘の誰一人、その願いを叶えることはできなかった。

それならば、せめて、その子供たち。鶴子ちゃんにとっては孫にあたる子供たちには、しっかりとした煉瓦の家を作ってほしい。

鶴子ちゃんは、そんな願いをあたしに託したの。孫の行く末を、見届けて欲しいって。

……そう、あたしは、見届け人。三人の孫の人生を、陰ながら見守っているのよ、鶴子ちゃんに代わってね。

老女は、ふぅぅぅと長いため息を吐き出すと、コーヒーカップをその両手でさらに包み込んだ。

「ちょっと、余計なことをしゃべりすぎたかしら」

言いながら、老女は、克子の顔をまじまじと見つめた。

「だって。あなたがそんな顔をしているから。まさに、被告人を追い詰める検察官のような顔。そんな顔でじっと見られたら、余計なことまでしゃべっちゃうわよ」

また、検察官に喩えられた。これで、三度目か。

「いずれにしても。今のところ、三人の孫娘たちは順調にそれぞれの人生を歩んでいる」

「三人？　ということは、斉川亜樹さんの従姉妹は、二人？」

「……そうね」

「その二人は、今は？」

「あら」老女の目が鈍く光った。「今日の目的は、それじゃないでしょ？　あきちゃんの妊娠の件でしょ？」

「……ええ、まあ、……そうでした」

「思うに。父親は、北上――」

「東洋テレビの、北上史朗？」

「そう。さっきも言ったけど、私、それとなくあきちゃんを見守っていたんだけど。……あの二人は本気だと思うのよ」

「他の男の可能性は？」

「さあ。どうかしら。……本人に訊くのが一番だと思うわよ」

「本人に？」

「そう、本人に」

「そうですね。それが一番ですね」

「今の時間なら、あきちゃん、二子《ふたこ》玉川《たまがわ》駅のカフェで遅めのランチをとりながらシナリオを書いているはずよ。そのあとはペットショップに立ち寄って、ショーウインドウの動物をしばらく眺めて。それから多摩《たま》川の遊歩道をぶらぶら散歩。……それが、あの子の日課なの」

「二子玉川……」

「どう？　行ってみますか？」

「いえ、今日は」

「そうですか？　でも、思い立ったときにやらないと、タイミングを逃しますよ？」

「え？」

「だって、あなた。……どうしてもあきちゃんに会っておかなくちゃいけない事情がおありなんでしょう？」

「…………」

「急がないと。……手遅れになりますよ」

「…………」

「なんでしたら、タクシー呼びましょうか？」

＋

思えば、二子玉川駅なんて、何年振りだろうか。小さい頃は二子玉川園に何度か行ったことがあるが、「セレブタウン」の候補地として選ばれてからは、初めてだ。なるほど、評判通り街全体がキラキラと輝いている。あちこちに、好奇心とワクワクを刺激する〝可愛い〟と〝おしゃれ〟が点在し、ついステップを踏みたくなる気分になる。まさに、〝成功者〟にはうってつけの街だ。

斉川亜樹は、どこにいるのだろうか？　夕闇迫る街で、克子は、手当たり次第にカフェを覗いてみる。ペットショップにも立ち寄った。が、見つからない。ならばと、多摩川の遊歩道に出てみる。

見つけた。

間違いない、あれは、斉川亜樹だ。

あたりはかなり薄暗くなっていたが、その姿は、斉川亜樹で間違いない。

「斉川さん」

そう声をかけようかと思ったが、やめた。

まだだ。今は、まだそのときではない。タイミングが大切だ。確実にやりとげるためには、タイミングが。

克子は、その後を追うことにした。

19

紀尾井町、ミシュラン三ツ星の寿司屋。

ほろ酔いのヤマモトさんは、ひょっとこのような顔でおどけて言った。

「あれ？　なんの話をしていたんでしたっけ？」

「斉川亜樹がシングルマザーで、その子供の父親が誰か……って話」

「ああ、そうでした。私は北上プロデューサーだと思うんですけどね。だって、スクール時代から愛人関係」

「でも、斉川亜樹は、いろんな人に〝営業〟していたんでしょう？」

「おっしゃる通り」

「じゃ、他にも候補はたくさんいるんじゃない？」

「確かに。……父親は他にいるかもしれませんね」

「当時のこと、知っている人はいないの？」

「当時のことですか？……あ。さっき話しましたよね。スクール時代、斉川亜樹と少しだけおつきあいしていたという講師がいるんですけれど、彼だったら、なにか知っているかも」

「斉川亜樹とつきあっていた人、ね」

「はい。と、思っているのは本人だけで、斉川亜樹にしてみれば、〝営業〟の一環だったんでしょうけどね」

「誰？」

「シナリオライターの……」

その名前は聞いたことがあった。

「昔は、ちょっとは名の知れたドラマも手がけていたようです。でも、もうずっと前のこと。今は、年金暮らしの、しみったれたおじいちゃん。でも、業界のコネをことさら強調する人で。あいつは俺が育てた、あの監督は俺が食わせてやった……なんて感じで。

あんな終わったおじいちゃんにまで〝営業〟するんだから、斉川亜樹は手当たり次第ですよ。尊敬はしますけど、真似はしたくないですね。……ああ、その人に連絡してみます？　スクールの名簿がありますから、明日、持ってきますね」

「ううん、いい。大丈夫」

「え？　いいんですか？」

「うん。……その人には、会ったことあるから。十二年前に」

「十二年前？」

そう。十二年前。斉川亜樹が妊娠しているというのを知り、克子は取材を決行した。そして、三人の人物に会った。老人と、自称ライターと、そして菊村藍子。

斉川亜樹のお腹の子の父親が北上であることを確認した克子は、次の行動に出た。

多摩川の堤防の遊歩道で、斉川亜樹の後をつけたのだ。

「そう、十二年前」

克子は、静かに瞼を閉じた。

あのときの光景が、まざまざと再現される。

＋

西の空が、恐ろしいほどに真っ赤に染まっている。

その端では、空がじりじりと暗闇に飲み込まれている。

そして、完全に闇に飲み込まれたとき。

ちらほらいた人影が、一瞬、消えた。

今だ。

克子は駆け出すと、斉川亜樹の体に、自身の体を衝突させた。

「ひぃ」

そんな声が背後から聞こえたが、克子はそのまま走り続けた。

止まることが許されないマラソンランナーのように、走り続けた。

しばらく走ったあと、ちらりと振り向いてみた。

斉川亜樹が、堤防の下、コロコロと転がっている。

ストライク！

克子はそう呟くと、ちょうどやってきたタクシーに飛び乗った。

＋

「十二年前……ってどういうことですか？」

ヤマモトさんが、混乱した顔で訊いてきた。

「夫の浮気が発覚してね。……といっても、当時はまだ〝夫〟ではなかったけれど。

いずれにしても、彼の携帯に、浮気相手とエッチをしているときの画像が保存されていたの。それを見つけたのが、十二年前」

「平野さんの……旦那さん？」

「そう。北上史朗よ」

「えええええ？」

ヤマモトさんの混乱が、いよいよ頂点に達した。酔いもあって、情報をなかなか整理できないようだった。

「平野さんの旦那さんが、北上史朗？　でも、苗字が……」

「今時、夫婦別姓なんて珍しくもないでしょ」

「ああ、なるほど」と言いながらも、その顔はまったく納得していない様子だった。なにをどう質問していいのか、その黒目がぐるぐると旋回している。

「全然、知りませんでした……」

「新聞記者という立場上、家族のことはおおっぴらにはできないから。特に、誰と結婚しているか……というのはね」

「……そういうものですか」

ヤマモトさんは、手元にあった湯呑みを摑むと、その中身をごくりと飲み干した。その目には、うっすらと好奇心の輝き。

「……で、十二年前、北上プロデューサーの携帯を？」

「そう。旦那の携帯には、斉川亜樹とのメールのやりとりもしっかり残っていてね。それで、斉川亜樹が妊娠を仄めかしていたのよ。夫は自分の子供かどうか自信はなかったようだけど。斉川亜樹は、父親なんて関係ない。子供を産んで一人で育てる……って。冗談じゃないって思った。当時、私のお腹にも赤ちゃんがいて。この子のためにも、面倒なことになるのは避けたかった。だから、私、祈ったのよ。斉川亜樹の妊娠が間違いでありますように。仮に本当だったとしても、……生まれてきませんようにって」

「…………」

「私、ひどい女？」

「……いいえ、その心理、分からないでもないです」

「で。私の祈りが通じたのか、十二年前、斉川亜樹は、不幸な事故に遭って。……流産したそうよ。しかも、そのときのことがきっかけで、もう子供は作れないって。……そんな恨みのメールが旦那の携帯に何度も何度も届いていたっけ」

「…………」

「私、ひどい女？」

「いいえ。……平野さんは、なにもしてないんですよね？」

「ええ。私は、祈っただけ。西の空に向かってね」

「…………」

「だからね、ヤマモトさん。斉川亜樹には子供はいないのよ。あなたが聞いた噂は、ガセなの。それを、ちゃんと教えておきたくて、今日は誘ったのよ」

「……でも、斉川亜樹本人がそう言っていたって、聞きましたよ？」

「あの女はね、そういうところがあるのよ。嘘をついて、人の関心を引くところが。うちの旦那も、何度もそれをやられたわ。……まさに、虚言癖の女よ」

「虚言癖？」

「しかも、ストーカーよ。旦那が言っていた。別れても別れても、つきまとってくるんだって。旦那、相当、参っていた。だから、四年前、私が週刊誌に浮気画像をリークしてやったのよ。スキャンダルになれば、斉川亜樹も懲りるだろうと思って。案の定、斉川亜樹は、干されたわ。うちの旦那との仲もこれでようやく清算できるかと思ったら、アメリカでE賞にノミネートなんかされちゃって。それを餌に、また旦那に近づいてきた。今朝だって、そのことで旦那と喧嘩になっちゃって、いつもの眼鏡を壊しちゃったのよ。だから、こんなバカみたいなピンクの眼鏡をするはめになって。……ほんと、このままでは、あの女に家庭を壊されてしまう。ううん、もう、私たち夫婦の絆は、粉々よ。息子がいるから、なんとか夫婦を取り繕っているけど。……みんな、あの女のせい」

「…………」

「さすがは、大量殺人鬼の血を引いているだけあるわ」

「大量殺人鬼？」

「あら、いやだ。私、今日は、しゃべりすぎ。酔っちゃったのかしら」

「大量殺人鬼ってなんですか？」

「これ以上はダメ。これは、私のとっておきの切り札なんだから」

「切り札？」

「そう。斉川亜樹を追い込むための切り札。あの女が成功の絶頂にいるとき、使ってやろうと思っているの」

「…………」

ヤマモトさんの顔が、お化け屋敷から出てきたばかりの人のように青ざめている。

が、克子は、陽気に言った。

「ワインのお代わり、する？」

20

二〇一八年三月二十二日。

「ああ、帰りが遅くなった。……もうこんな時間」

斉川亜樹は、二子玉川駅に降り立った。

「ああ、どうしよう、どうしよう」

亜樹は、後ろを何度も振り返りながら、早足で自宅を目指した。

「ああ、本当にどうしよう？」

手が、こんなにこわばっている。どんなに引っ張っても、伸ばしても、元に戻らない。あのときの感覚が、いまだにしっかりと残っている。

この手、まるで狼の手みたい。

きっと、娘の百香が変に思う。

「ママ？　その手はどうしたの？」

そう訊かれたら、なんて答えよう？

「ママね、さっきね、悪い人にいじめられたの。だから、その人の首を絞めてきたのよ」

そんなこと、言えるはずもない。

言えるはずもない……！

ああ、神様、神様。どうして私ばかり、こんな災難がふりかかるんですか？

私は、ただ、幸せになりたかっただけなのに。

人並みの団欒がほしかっただけなのに。

優しい夫が新聞を読んでいて、可愛い子供が遊んでいて、私はケーキなんかを作って。

私なんかが、それを望んではいけなかったんですか？

なぜなんですか？　なぜ！

涙がこみ上げてきた。このままでは涙腺が大崩壊だ。こんな人込みの中で。きっと、みんな不思議に思う。中には、声をかけてくる人もいるかもしれない。そしたら、私、きっと告白してしまう。

「私、人を殺してきたんです！　菊村藍子って人を殺してしまったんです！」

ダメ、そんなこと。ダメ！

耐えるのよ、涙を飲み込んで。いつものように、いつもの私の顔で、なにごともなかったように、歩き続けるのよ。

が、いつものペットショップに差し掛かったとき。亜樹の足は止まった。

ショーウインドウの中を覗き込む、亜樹。

「あら、かわいい。百香ちゃんにどうかしら？」

そう呟くと、亜樹は小さなネズミを購入した。

＋

「ママ！　眠れないの！」

その夜。斉川亜樹がパソコンのキーを叩いていると、背後から明るい声がした。

娘の百香だ。十一歳の小学五年生。

「ああ、お腹空いた！　ママ、お夜食は？」

パジャマ姿の百香が、子犬のように抱きついてくる。

「我慢なさい。何時だと思っているの。もう、十時過ぎよ」

「我慢できない！　お饅頭食べる！」

「もう、百香ちゃんたら！」

いつのまにか、百香の小さな手には、お饅頭。

食べ盛りとはいえ、百香の食欲はちょっと並外れている。

でも、こんなに幸せそうに食べている姿を見ていたら、少々の肥満なんてどうってことないって思える。

……そうよ。思春期になれば、自然と痩せていくものだ。私がそうだった。だから、今は、あまり我慢をさせたくない。我慢させて、心が捩れるほうがよっぽど心配だもの。

「い、おはぎもあるけど、食べる？」

「うん！」

ほら、こんなに素敵な笑顔。標準より体重は多いかもしれないけれど、こんなに可愛いんだから、いいじゃないか。

そう、百香は可愛い。……こんなに可愛い！

「あー、お腹いっぱい！」

「え？　もういいの？」

「うん。眠たくなっちゃった。……ね、ママ。なにかお話を聞かせて」

「えー、でも。ママももう寝なくちゃ。明日の朝、早いのよ」

「おでかけ？」

「うん、そう。……テレビのお仕事。生放送のバラエティー番組のゲストに呼ばれているの」

「ママ、テレビに出るの？」

「うん。……本当は、いやなんだけどね。仕方ないのよ」

そう、仕方がない。もうずっと前から決まっていた仕事だ。なるべく顔は出したくないと、テレビの仕事は断ってきたが、あの男がねじ込んできたのだ。……そう、百香、あなたのパパがね。

なんだかんだ言って、私はあの男に弱い。だって、百香の父親だ。百香にとっては、世界でただひとりの父親。そんな男をむげにはできない。

「そうか、ママ、テレビに出るんだ。……番宣ってやつだね」

「そう、番宣」

「じゃ、なおさら、お話聞かせて」

「なんで？」

「ママの緊張をとくためだよ」

「緊張？」

「だって、ママ、ずっと、なんか緊張している。顔も怖いし、その手も、なにか変」

「手？」

見ると、その手は、相変わらずこわばっている。……狼の手のように。

「だから、リラックスするためにも、なにかお話聞かせて」

「分かりました。降参です」

亜樹は、百香を抱き寄せた。ほかほかと柔らかくて暖かいその体を感じていると、ふぅぅと無駄な力が抜けていく。

「お話？　なにがいい？」

「『三匹の子豚』がいいな」

「また？」

「うん。だって、全部聞き終わるまでに、いつも寝ちゃうから。今夜こそは、ラストまで聞きたいの。一番上の子豚が狼に食べられて、二番目の子豚も狼に食べられて。……いつもそこで寝ちゃうの。だから、三番目の子豚がどうなるのか、今夜こそ、知りたいの」

「はい、はい。分かりました。じゃ、聞かせてあげるから。ベッドに行きましょうね」

「ここで聞きたいの。ママの膝の上で」

「もう百香ちゃんたら。赤ちゃんじゃないのよ」

「ママの膝の上がいいの。どうしても、膝の上で聞きたいの」

そして百香は、その小さな足を器用に動かして、飛び跳ねるように亜樹の膝によじ登ってきた。

「もう百香ちゃんたら」

亜樹は、その小さな体を膝で受け止めると、両手で抱きしめた。

「どうしたの？　百香ちゃん。震えてるわ。具合が悪いの？　食べ過ぎなのよ、あなたは。ほんと、しょうがない子」

そして、亜樹は、手の中のそれをそっと包み込んだ。

きゅう。

手の中で、それは小さく鳴いた。

その鳴き声は、まるで、ペットショップで売られている小さなネズミのようだった。

……事実、ネズミだった。

十二年前、亜樹の子宮から流れ落ちた小さい塊とよく似ている、ネズミだった。

もう、これで何匹目の〝百香〟だろう。……確か、百三十三匹目。

亜樹は、手の中の百香に語りかけた。

「じゃ、これから『三匹の子豚』のお話をしてあげるわね。一番目の子豚が狼に食べられて、二番目の子豚も狼に食べられて。そして、三番目の子豚は――」

（幕間）

平野克子が書いたインタビュー記事は、それほど面白いものではなかった。

よくある「今時の輝く女」的な記事。……どうして次から次へと、こんなクローンのような記事が生み出されるのか。

肩を竦めていると、

「ところで、質問なんですが」

と、丸坊主男が刑事コロンボばりに僕を覗き込んできた。

こうやって質問されると、やっぱりどうも気持ちが悪い。なにもしてないのに、つい、なにかをしたような気になってしまう。

「……なんでしょう？」

「あなたのお父さんは、菊村藍子さんの息子さんですよね？」

「はい。祖母の一人息子です」

「なのに、なんで苗字が違うんですか？」

「ああ。それは。……父が小さい頃、遠縁に養子に出されたからですよ。それで」

「なるほど！　そうでしたか。それで納得しました。あ、でも」

丸坊主男が、頭を撫でながらさらに質問を繰り出した。「一人息子なのに、どうして養子に出したんでしょうか？　大切な跡取りではないのですか？」

「さあ。その辺のことは、詳しく聞いてません。なにか事情があったんでしょう。いずれにしても、養子には出しましたが、祖母と父は、普通の親子としてずっと連絡をとりあっていたようです」

「なるほど。なおさら、気になりますね。なぜ、養子に――」

「まあ、祖母の実家は、田舎ですから」

「田舎は？」

「埼玉県の入間です。最近ではベッドタウンなんて言われてますが、父が生まれた頃は、村特有のいろんなシガラミが残っている田舎だったようで――」

『斉川亜樹……』

そんな名前がどこからともなく聞こえてきて、僕は話を中断した。

なにやら、ロビーがざわついている。原因は、テレビ番組のようだった。

見ると、朝ドラ『三匹の子豚』終了後に放送される朝のワイドショーだった。

中年の女が映し出されている。

テロップには、『斉川亜樹』という文字。

斉川亜樹といえば、まさに、この人だ。僕は、平野克子が書いたインタビュー記事に、再び視線を落とした。E賞にノミネートされた脚本家で、『三匹の子豚』の脚本も担当している、今最も有名なシナリオライターだ。

僕は、視線をテレビモニターに戻した。へー、こんな顔をしていたんだ。なんだか、普通の人だな……。もっと、尖った人だと思った。

……え？

なに、どうした？

なにやら、様子がおかしい。

……泣いている？

そうだ、泣いているようだ。しかも、かなり激しく。

なんで、生放送で号泣しているんだ？　緊張が度を超えて、それで取り乱したか？

いや、違う。何かを言っている。なにかをまくしたてている。叫んでいる。

それを抑えようと、必死な形相のインタビュアー。汗まみれだ。

そして、突然、画面が切り替わった。どこか地方の風景が延々と映し出されている。

なんだ？　放送事故か？

「大変だ」

僕のそばにいた丸坊主男とオールバック男が、同時に出口目指して駆け出した。が、丸坊主男に止められるオールバック男。オールバック男は、舌打ちをしながら、いやいや僕のところに戻ってきた。

「なにがあったんです？」

「今のテレビ、聞いてませんでした？」

「え？　斉川亜樹が泣いているな……とは思いましたが。言葉までは、よく」

そうなのだ。僕の位置からは、その音声まで正確に拾うのは難しかった。モニターのスピーカと僕の間にちょうど柱があって、音が遮断《しゃだん》されるのだ。

が、僕の近くにいながら、柱から逸れる位置にいた二人の刑事たちには、その音声がはっきりと聞こえていたらしい。

「あの人、告白したんですよ」オールバックの男がそわそわした様子で言った。

「告白？」

「そう。殺人のね。……厳密には殺人未遂だけど。でも、彼女は、殺したと思っている」

「え？　どういうことです？」

「だから、あなたのおばあさんである菊村藍子さんの首を絞めたのは、斉川亜樹なんですよ！」

驚いている暇はなかった。

というのも、オールバック男からそんな話を聞かされていたちょうどそのとき、看護師が青白い顔で駆け寄ってきたからだ。ばあちゃんを担当している看護師だ。

「菊村藍子さんのご家族の方、いらっしゃいますか！　いますぐ、来てください、八階まで来てください！　集中治療《ICU》室までおいでください！」

集中治療《ICU》室八〇一号室。

ばあちゃんは、まさに、息をひきとるところだった。

モニターの数字がみるみるゼロに近づいていく。

ああ、このままでは、斉川亜樹は、本当に殺人犯になっちゃうな……。

僕は、どういうわけか、そんなことを考えていた。

それにしても、斉川亜樹はなぜばあちゃんの首を絞めたんだろう？　斉川亜樹とばあちゃんは、どんな関係だったんだろう？

「ご家族の方は、あなただけですか？」

白衣を着た若い女性が、声をかけてきた。看護師ではないようだ。

ネームプレートには、『医師』とある。たぶん、ばあちゃんの担当医師だろう。

「ご家族はお揃いですか？」

担当医が、改めて訊いてきた。

「いえ、父が。ばあちゃんにとっては息子の――」

言い終わらないうちに、父が部屋に飛び込んできた。

その顔は、憔悴しきっている。

「どこに行っていたんだよ！」

僕は、いらいらと声を上げた。

「なんで、いっつも、あんたはいなくなるんだよ！　大切なときに限って！」

と、そのとき、父の背後からすぅぅと人影が現れた。

「あ」

僕は、言葉を飲み込んだ。

現れたのは、父の今の妻。

……平野克子だった。

そう、新報新聞で記者をしている、平野克子。十二年前、母と結婚していたにもかかわらず、父はこの女を妊娠させた。そして、母に離婚を迫った。結果、我が家は修羅場と化した。

「……わたしの妻です」

父は、相変わらず憔悴しきった様子で、担当医師に平野克子を紹介した。

「克子と申します。一応、北上史朗の妻です」

平野克子が、なにか含みを込めて言った。

みっともなくおたおたする父。僕はそんな父をもっと追い込みたくて、声を荒らげた。

「なんで、こんな人を連れてきたんだよ！　ばあちゃんは、この人のことは認めていなかったはずだ。ばあちゃんは言っていたよ。できれば、一生会いたくないって」

「実は、そうでもないんです、那津貴さん」

平野克子に馴れ馴れしく名前で呼ばれて、僕はますます機嫌を悪くした。が、平野克子はそんな僕の機嫌などおかまい無しに、続けた。

「十二年前、一度、義母《おかあ》さんとお会いしているんです」

「……どういうことだ？」

父が、汗塗れの額を袖で拭いながら、妻の顔色を窺うように小さな声で言った。

平野克子は、そんな父の顔は見ずに、僕のほうを向きながら答えた。

「まったく不思議な縁とか。……後で知ったことなんですが。十二年前、私、そうとは知らずに義母《おかあ》さんとお会いしているんですよ。もしかしたら、義母《おかあ》さんのほうは、私と気づいていたかもしれませんが」

「だから、どういうことだ？」父が、泣きそうな顔で言った。「はじめからちゃんと説明――」が、父の言葉は、ここで遮断された。

ツ――――――

そういう音が実際したわけではない。が、僕には聞こえた。モニターを見ると、その数字はほぼ「ゼロ」だった。

死んだ？

医師のほうを見るも、彼女は何も答えない。そして無言のまま、最後の儀礼とばかりに、瞳孔散大《どうこう》、呼吸停止、心停止……を、その手と目で順番に確認していく。

それが終了すると、医師はやけに甲高い声で言った。

「ご臨終です」

そこは、もっと低い声で言わないとダメなんじゃないか？　などと心のどこかで突っ込みを入れながらも、僕の目からはすでに涙がとめどなく流れ出していた。

「ご家族はお揃いですか？」

医師は、またもや甲高い声で言った。きっと、この人もこの人で緊張しているのだろう。もしかしたら、研修を終えたばかりの新人なのかもしれない。

「はい。家族はこれで――」

父が答えると、

「いえ、まだいるはずです」

と、平野克子が言葉を重ねた。

僕の母さんのことだろうか。ならば――

「義母《おかあ》さん……菊村藍子の孫が、あと三人」

「え？」どういうことだ？　ばあちゃんの孫ということは、父の子供ってことか？　僕以外に、三人？

「一人は私の息子。今、小学五年生です。ですが、今日は風邪のため、来ることは叶いませんでした」

ああ、あのときの子供か。そうか。もう小学生になるんだ。……じゃ、あと二人は？

「そして、もう一人は、赤松波留。ですが、彼女は母親の赤松三代子を殺害した容疑で、今、勾留中。ですので、ここに来ることは叶いません」

「……！」

言葉にならなかった。それは、父も同じだった。あんぐりと口を開けた状態で、間抜けヅラを晒している。

「まあ、赤松波留は、戸籍上では赤松三代子の夫の子供ですので、うちの夫も知らなかったと思います。でも、間違いありません、赤松波留はうちの夫の子供です。赤松三代子とうちの夫は、一時、不倫関係にあったんです」

真実をつきつけられて、父の額から汗が噴き出した。その体も小刻みに震えている。

が、平野克子はそれを尻目に続けた。

「私、興信所を使って調べたんです。そして、記者である私自身も、裏をとりました。だから、間違いありません」

「な、な、なんで、そ、そ、そんなことを？」父が、しどろもどろで訊くと、

「証拠集めです」と、平野克子は毅然と答えた。

「証拠？」

「離婚を有利に進めるための」

「離婚って、おまえ……！」

が、平野克子は、父には一切視線をやらずに、続けた。

「そして、最後の一人は、石坂布由。ですが、この人も、ここに来ることは叶いませんでした。悪性腫瘍が見つかり余命を宣告され、それを悲観して自殺しました。先週のことです。その知らせを受けた母親の石坂二葉も、入院中の病院を抜け出し行方不明。タクシーに乗り込んだところまでは分かりましたが、みつからず。その翌日、八《はち》

王子《おうじ》の川で水死体で発見されたそうです」

父が、「本当か？　二葉が死んだ？　娘の布由も？」と、すっとんきょうな声を上げる。

「あら、あなた。昔の愛人にまだ未練がおありで？　石坂二葉とは、とっくの昔に別れたんじゃやなかったんですか？」

平野克子が、ようやく父に視線を合わせた。そして、

「隠し子のことだって、ずっと忘れていたくせに」

ああ、思い出した。父が平野克子と付き合う前。母が僕に向かってこぼしていたことがあった。「お父さんには、隠し子がいるの。つまりね、あなたには、きょうだいがいるかもしれないわ」と。

ということは、母も愛人と隠し子のことは承知していたのか。

なんてことだ。

この男はいったい。

抑えようもない怒りが、腹の底からせり上がってきた。僕は、父を睨みつけた。

いったい、どんだけの女と！

「いずれにしても。……ここに駆けつけることが可能な家族は、私たちだけです。息子の史朗とその妻の私、そして、孫の――」

平野克子が、僕に視線を送ってきた。
その視線には、なにやら敵意がみなぎっている。
僕は、とっさに顔を背けた。

＋

二〇一八年九月十日。

武蔵野南署刑事課。

「いやー、しかし、なんですね。横溝正史《よこみぞせいし》の小説並みに、複雑ですね」

井上正志《いのうえまさし》巡査長は、オールバックにした頭を撫で付けながら、ホワイトボードを改めて眺めた。

そこには、菊村藍子を巡る相関図が書き込まれている。

斉川亜樹がテレビの生放送で自白したおかげで、菊村藍子殺害事件はとっくの昔に無事解決した。つまり、こんなものを書く必要はないのだが、上司であり相棒の大崎《おおさき》肇《はじめ》巡査部長が、なぜか相関図を書きだしたのだ。それが、一時間前。

斉川亜樹が、拘置所で自殺したという報せが入った。

そのとき大崎はカップラーメンを啜っていたが、それを中断して、ホワイトボードにペンを走らせたのだった。その丸坊主頭を踊らせて。

どうやら、大崎は、なにかひっかかりを覚えたようだ。

「なんか、変じゃないか？」

大崎の独り言に、
「確かに、変ですね」
と、井上も首を傾げながら言った。
そう。相関図にすると、よく分かる。
北上史朗と関係のあった女たちが、次々と死んでいるのだ。
時系列順に見てみると——。
斉川一美
赤松三代子
石坂布由
石坂二葉
斉川亜樹
それと、赤松三代子の娘で、赤松波留。
そう。赤松波留も、この五月、拘置所の中で自殺したのだ。
「いや、待ってください」
井上は、ペンを持った。
「北上史朗と関係があった女……というより、この血筋の人物が死んでいるんじゃないですか？」

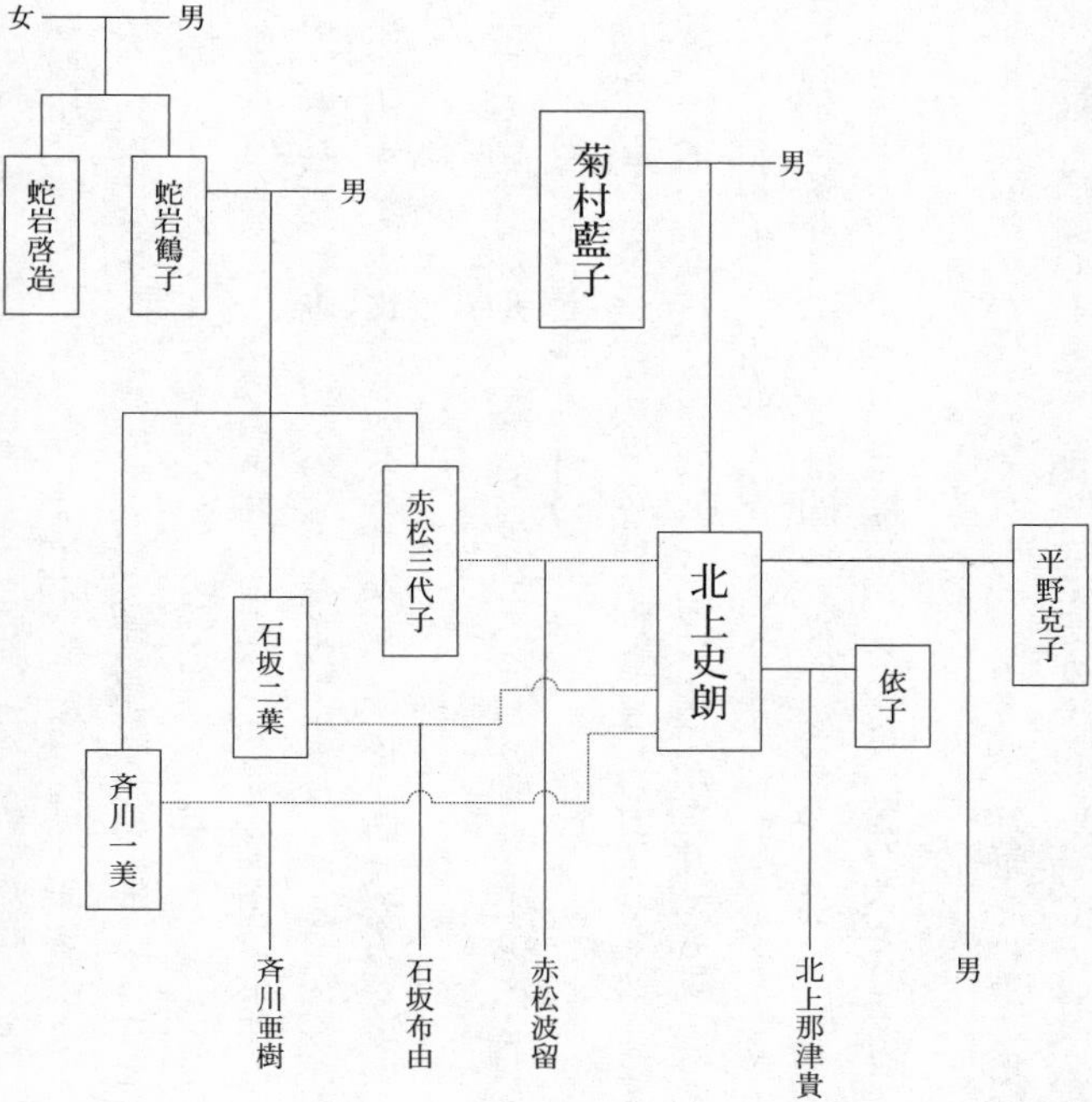
女
男
蛇岩啓造
蛇岩鶴子
男
菊村藍子
男
赤松三代子
北上史朗
平野克子
石坂二葉
依子
斉川一美
斉川亜樹
石坂布由
赤松波留
北上那津貴
男

言いながら、井上は、『蛇岩鶴子』という名前に○を付け加えた。

赤松三代子と石坂二葉そして斉川一美が、蛇岩鶴子の娘だということは、斉川亜樹の裁判の中で明らかになっている。

蛇岩鶴子。そう、かの『入間毒油事件』の犯人で、元死刑囚。事件後、三人の娘たちは施設に預けられ、その後、別々の家に養子に出されている。母親が死刑囚ともなればその人生は困難なものになるだろう、ならば関係を断った方がいい……というのがその理由だ。

ちなみに、蛇岩鶴子は死刑が確定されながらそれが執行されることはなく、獄死した。それが、去年の二〇一七年十一月のことだ。

蛇岩鶴子が獄死したことで、『入間毒油事件』は再び耳目を集めることになる。テレビや週刊誌がこぞって特集を組んだ。そのいくつかを井上も見ている。どれも、「真犯人は誰か」という視点で事件を追っていた。

そう。蛇岩鶴子が冤罪であることは間違いないだろう。それは、警察にいる誰もがそう感じていることだ。が、それを話題にするのは、警察内ではタブーとされてきた。

とにかく、早く蛇岩鶴子が死んでくれないだろうか。死刑とは別の形で。

そんなことを呟く警察ＯＢの話も聞いたことがある。そのＯＢは『入間毒油事件』

を担当した警官で、事件当初から、真犯人は他にいると密かに思っていたらしい。

いや、彼だけではない。事件を担当した多くの警官が、他の真犯人を疑っていた。事実、事件の目撃情報が次々と警察に舞い込んだらしい。

が、その真犯人はあまりに意外な人物だったため、逮捕することができなかったのだろう。また、その人物を犯人としたならば、この事件は封印しなければならない。

そうなれば、今度は世間が許さない。四十二人も殺害した凶悪犯をなぜ警察は野放しにするのか。なぜ捕まえないのか……と騒ぐだろう。

世間を納得させるには、説得力のある犯人像が必要だ。物的証拠はないが、状況証拠は揃っている人物。それが、蛇岩鶴子だったのだ。

無論、はじめから冤罪を作ろうとしたわけではないだろう。状況証拠だけなら、蛇岩鶴子ほど犯人に相応しい人物もいない。なぜなら、凶器となった美容ドリンクを持ち込んで、それを配ったのは蛇岩鶴子しかいないのだから。だから、当時の警察も、思い込むしかなかったのだ。蛇岩鶴子が犯人であると。……が、真犯人は他にいる。

前述のOBは言った。

「俺だってはじめは信じられなかったよ。『入間毒油事件』の真犯人は九歳の子供だなんて。でも、目撃情報は、どれも『九歳の子供』が犯人だと示していた。その子供が、毒を入れているのを見たって」

つまり、こういうことだった。美容ドリンクとして人々に配られる前、ドリンクはポリタンクの中に入っていた。その蓋を開け、農薬か何かを注入している子供を見た……というのだ。

そして、その子供こそは――。

井上は、ペンを握りしめながら頭を振った。今更、それを蒸し返してどうなる。

一方、ホワイトボードを穴があくほど見つめていた大崎が、おもむろに呟いた。

「これって、もしかして」

そして、丸坊主頭をなで回しながら、「相続人が消されているんじゃないか？」

「え？　相続人？」

意外な言葉に、井上は改めてホワイトボードを眺めた。

「あ」

本当だ。相続人が次々と消されている。

「だろう？」

言いながら、大崎は、ホワイトボードの『蛇岩啓造《けいぞう》』という名を○で囲んだ。蛇岩鶴子の兄で、蛇岩家の当主だ。

「この人も、去年、亡くなっている。蛇岩鶴子が獄死する一ヶ月前だ」興奮気味に、大崎が声を震わせた。

「確か、蛇岩家は村の名主筋。村のほとんどの林野を所有していたはず」井上も、声を震わせた。

「その土地に、次世代新幹線が通る計画があるとかないとか」

「もし、その計画が本当なら、土地は莫大な金に化けますね」

「そうだな」

「でも、蛇岩啓造さんは妻に先立たれ、子供もない」

「そうだ」

「ということは、蛇岩啓造さん亡き後、その土地を相続するのは――」

「本来なら、蛇岩鶴子の三人の子供たちだ。斉川一美、石坂二葉、赤松三代子」

「が、全員、死んでます」

「そうだ」

ここで、しばらく、沈黙が続いた。

井上はペンを掌でくるくる回しながら。大崎は丸坊主頭をペンの尻で掻きながら。

「あ、待ってくださいよ」沈黙を破ったのは、井上だった。「こういう相続がらみの殺人の場合、犯人もまた相続人である必要があります。財産を独り占めにするために」

「そうだな」

「でも、もうこの中には、相続人はいませんよ？　相続人は、みな死んでいる」

「いや、実はそうでもないんだよ」

大崎は、勿体ぶったように言うと、ホワイトボードのその名前を、ペンで丸く囲った。

「この人も実は、相続人の一人なんだよ」

終幕

那津貴、これを読んでいるということは、私はもうこの世の者ではないということですね。

那津貴にとって、私は、いいおばあちゃんだったでしょうか。

いいおばあちゃんでありたいと、私なりに努力はしましたが、でも、やっぱり自信がありません。

だって、私は、失敗ばかりでしたもの。

一番の失敗は、あなたのお父さん、そう、史朗です。

あなたは、あの史朗のせいで、苦労続きでしたね。あなたのお母さんも泣かせてしまいました。

史朗があんなふうになったのは、私のせいです。

私のせいで、あの子の中に悪の花が育ってしまったのです。

その悪の花は、元々は、私の中にあるものでした。

それは、鶴子に対する、嫉妬です。

鶴子と私は、二卵性双生児。

そう、私は、本来は蛇岩藍子なのです。

でも、双子が生まれた場合、一人を養子に出すのが村の習わし。妹の私のほうが、外に出されました。多額の持参金とともに。

里親は、明らかに持参金目当ての貧しい家でした。養父は酔っぱらい、養母は病気がち。私は、養父に殴られながら、養母を介護しました。そうなのです。私は、養母の介護係として、貰われたようなものでした。

一方、蛇岩家に残った鶴子は、蝶よ花よと育てられて。一度は道を踏み外し転落するも、見事に返り咲き。自立した女として村の中心人物になっていきました。

惨めでした。

私は、好きでもない人の家に嫁がされて、そこでも介護の日々。口紅どころか、乳液すら塗れない日々を過ごしていました。

そんな中、息子の史朗だけが、私の心の拠り所でした。私は、史朗をだっこしながら、子守唄代わりに、世間に対する恨みつらみ、特に、鶴子に対する妬み嫉《そね》みを言って聞かせました。

これは、立派な洗脳です。

史朗は、私の中のドロドロとしたヘドロをすべて飲み込み、そして、ついには、あの事件を起こしてしまうのです。

そうです。『入間毒油事件』の犯人は、九歳の史朗です。

九歳の史朗がそんなことを本当にしたのか？

はい。とても信じられませんが、したのです。

私は、それを目撃しました。

農薬を、美容ドリンクのポリタンクに入れているところを。

なぜ、止めなかったのか？

本当に、なぜ、止めなかったのでしょう。

きっと、それは、私がしたかったことだからです。

私を捨てた蛇岩家に対する、そして私をないがしろにした世間に対する、なにより鶴子に対する、復讐でもありました。

つまり、『入間毒油事件』は、私が犯人でもあるのです。

でも、言えませんでした。

なぜなら、警察も世間も、鶴子が犯人だと信じてしまったからです。

そうなると、私までそれを信じる他ありませんでした。

史朗が毒を入れたのは、幻。夢。

現実は、鶴子がやったのだ……と、思い込もうとしました。

でも、村の中には、史朗を疑う者もいて。

だから、私は、史朗を養子に出すことにしたのです。

災いから遠ざけるために。

私という悪い母親の影響から遠ざけるために。

このまま史朗と暮らせば、あの子の中の悪の花がますます育ってしまう。

それをどうしても避けたかった。

以上が、私と史朗の秘密です。

本当は、この秘密はあの世にもっていくつもりでしたが、でも、あなたには知らせようと思いました。あなたの父親の本性を、あなたは知る権利があるのです。

ちなみに、史朗は、九歳の頃に起こしたあの事件を、今はまったく覚えていません。

でも、あの子の中の悪の花は枯れてはいませんでした。それどころか、爛漫《らんまん》と咲き誇っている様子です。

そのいい例が、あの子の女癖の悪さです。しかも、かなり悪趣味な。

　あの子は大学生になると、自分の家系を調べて、自分に三人の従姉妹がいることを知ります。はじめはただの好奇心で会いにいったのでしょう。が、次第に男女の関係を持つようになりました。従姉妹三人それぞれに、手を出してしまったのです。

　それだけじゃ足りず、斉川亜樹まで。亜樹は、長女の一美の娘ですが、たぶん、史朗の娘です。

　なんという悪夢。史朗は、自分の娘にまで手を出してしまったのです。

　私は何度も注意しました。でも、史朗の悪趣味はなおりません。病気なのです。それがアブノーマルであればあるほど、あの子は快楽を覚えてしまうのです。暴走してしまうのです。

　そう、史朗こそが、狼なのです。

　そこになにかがあると、壊さないではいられないのです。

　我が子ながら、恐ろしい男です。

　でも、安心してください。

　那津貴、あなたは父親には似ていません。きっと、母親似なのでしょうね。

　あなたの母親は、辛抱強く、優しい、いい人です。

　史朗と結婚していた頃は、私たちはあまりいい関係ではなかったけれど、史朗と別れてからは、いいおつきあいをさせてもらっています。

今の私にとって、なくてはならない人です。

だから、母親を大事にしてね。

そして、幸せになってください。父親のことなど忘れて、幸せに。

それだけが、私の望みです。

追記
狼には、くれぐれも、気をつけてください。

あなたの祖母、菊村藍子より

僕が、その手紙を読んだのは、つい一ヶ月前のことだった。

横浜に住んでいる母から、送られてきたのだ。

「そういえば、おばあちゃんから預かっていたものがあるのよ。私が死んだら那津貴に渡してって。……もう随分と昔のことだから、つい忘れてしまって、最近思い出したの。遅くなってごめんね」

というメモとともに。

母は、この手紙を読んだのだろうか？

封はされていたが、微かに、糊が剝がされている部分があった。

……たぶん、読んだんだろう。

どう思っただろうか？

かつての自分の夫がとんでもない〝狼〟だと知って。

僕は、不思議となんとも思わなかった。

これが誠実で優しい人なら驚きはしただろうが、あの父だ。「ああ、なるほど」と、妙に納得してしまった。

しかし、問題もあった。

それは、父が、蛇岩家の遺産を相続する権利を有するという点だ。

本来ならば、その遺産の相続権は、蛇岩鶴子とその妹であるばあちゃんが持っていた。が、鶴子は死に、ばあちゃんも死んだ。そして鶴子の三人娘たちも死んだ。となれば、残るのは、父だけだ。

「面倒なことになったな」

僕は、ため息まじりで呟いた。

というのも、先日、武蔵野南署の刑事から電話があった。

例の、丸坊主男、大崎刑事だ。

彼は、父がなにかしらの犯罪に手を染めている可能性があるというようなことを仄めかしていた。……それは、たぶん、『入間毒油事件』のことを指しているのだろう。そして、一連の事件、蛇岩家の相続人たちの死になにかしら関係しているのではないか？　というようなことも仄めかしていた。

そのときは、一笑に付したが。だって、それぞれの死は、それぞれちゃんと解決しているじゃないか。もっとも、斉川亜樹の母親の死は、未解決のままのようだが。

「確かに、彼が直接手を下したってわけではないでしょう。でも、そう仕向けた可能性もあります」

そう言う大崎刑事に、

「それにしたって、罪にはなりませんよね？」

と、僕は反論していた。

自分で驚いた。まさか、父を擁護するなんて。

そのときは、それで電話は終わったのだが。

その翌週、ある事件が起こったのをきっかけに、再び大崎刑事から電話があった。

「タレントのYの子供が、死にましたね」

Yというのは、父の愛人だと噂されている女性だった。噂ではなく、本当に愛人なのだろう。そしてその子供は、父の隠し子に違いない。

その隠し子が、車に轢《ひ》かれたというのだ。

轢かれた上に、川に捨てられたのだという。

「わたしは、はじめ、これは蛇岩家の財産をめぐる事件なのだと睨んでいました」

大崎刑事は言った。

「が、こうなると、もっと違う視点が見えてきます。それは、あなたのお父さん、つまり、北上史朗の子供が殺されている……という視点です」

「どういうことですか？」

「気になって調べてみたのです。蛇岩鶴子の三人娘の死には、共通点はありません。ただ、彼女たちの娘の、亜樹、布由、波留には、明らかな共通点がある」

「それは、なんですか？」

「自殺した……という点です」

「自殺……」

「そうです。拘置所で自殺した亜樹と波留には、さらに共通点があります。それは、手紙をもらっていることです」

「手紙？」

「送り主の住所も名前も出鱈目《でたらめ》ですが、筆跡から、たぶん同じ人物が出したのだろうと」

「……どういう？」

「しかもです。その手紙には、自殺を唆《そそのか》す内容が書かれていました」

「え？」

「波留宛の手紙には愛犬が死んだことが書かれ、亜樹宛の手紙には北上史朗が自分の本当の父親だということが書かれていました」

「その内容に絶望して、亜樹と波留は自殺した？」

「その可能性が高いかと。たぶん、布由にも、絶望を促す手紙を送ったものと思われます」

「いったい、誰が、そんな手紙を……」

「一人、心当たりがあります。今、内偵しているところですが」

「僕も、知っている人ですか？」

「はい。あなたもご存じの人です。それで、今日は、お電話を差し上げたのです。くれぐれも、身辺には気をつけてほしいと」

「誰なんですか、その人は。っていうか、なんで、父の子供を次々と？」

「……推測ですが。自分が産んだ子供以外の、北上史朗の子供を消したいと思っているのでは？」

「は？」

「女性の心理はよくは分かりませんが。自分の夫が、自分以外の女に産ませた子供が許せないのでしょう」

大崎刑事は、無意識なのか、それとも意図的なのか、その〝誰か〟を暗に特定した。

それは、平野克子。

僕がそれを確認する前に、

「では、くれぐれも、お気をつけください」

と、電話は切れた。

＋

が、僕も大崎刑事も、その予想が間違っていたことに気づかされる。

さらに翌週のことだ。

平野克子の子供が、死んだ。

塾帰りの深夜、車に轢き逃げされたのだという。

半狂乱の平野克子もまた、自殺をはかったという。

そんな事件が起きたというのに、大崎刑事からは連絡はなかった。

もう、お手上げなのだろう。

が、僕は、確信していた。

この一連の事件を、陰で操っている人物の正体。

無論、それは偶然が重なって起きた場合もあろう。赤松親娘の不幸などはそうだ。

いや、違う、赤松親娘があのような悲劇に見舞われたのは、やはり、誰かが糸を引いていたのだ。

悲劇が起こるように、巧みにリードしたのだ。

石坂二葉の死がいい例だ。

二葉は病院から抜け出し、タクシーでどこかに行ったという。その後、死体でみつかった。

そう、タクシー。

たぶん、一連の事件で、必ずタクシーが目撃されているはずだ。

僕の母が運転する、タクシーが。

父と離婚したあと、母はタクシーの運転手をはじめた。不景気の中、ようやく見つけた仕事だった。

僕が、独立したあとも、母はタクシーに乗っている。この仕事が性にあっているとも言っていた。今も、横浜のどこかを走っていることだろう。確か、今日は出勤日だ。

……今だったら、母は家にはいない。留守中に家に上がり、その証拠を探してみようか？

亜樹、布由、波留に送った手紙の書き損じが残っているかもしれない。几帳面な母だ、ひとつでも誤字脱字を見つけると、イチから新しい紙に書き直す。そして節約家の母は、書き損じても決して捨てることはなく、裏紙にしたり鍋敷きを拵えたりして再利用している。何年も前の書き損じの手紙が、襖に貼り付けられていたこともあった。

だから、たぶん、証拠はなにかしら残っているはずだ。

僕は、出かける準備をした。

……が、やめた。

なぜなら、母が〝狼〟だとしたら、僕は、襲われることはないだろうから。

……ひーちゃんとふーちゃんがそんな目にあっていることなどまったく知る由もない末っ子のみっちゃんは、その頃、ようやく煉瓦の家を作り上げていました。

家の完成まで時間がかかりましたが、みっちゃんは大満足でした。

かわいい小さな煉瓦の家は評判になり、いろんな人が見学に訪れました。その中に、いかにも優しげな一人のおばあさんがいました。

「みっちゃん、素敵な家を作ったね」

「ありがとうございます」

「中の様子も見てみたいんだが。入れてくれないか？」

「いいえ、それはダメです。中には入れられません」

みっちゃんは、断りました。なぜなら、みっちゃんは見抜いていたのです。そのおばあさんの正体は狼だということを。スカートで隠されたその足が毛むくじゃらだということを。

こんなヤツを家に入れたら最後、食べられてしまう。

「どうしても、中には入れてくれないんだね？」

「はい。どうしてもダメです。もう、帰ってください」

「なら、こうしてやるよ」

そうしておばあさんは、スカートをたくしあげると、その大きな足で、煉瓦の壁を蹴りました。

その一蹴りは、とてつもない砲丸のようでした。煉瓦の家は、あっという間に崩れてしまいました。

「ああ、やっぱり、狼」

逃げるみっちゃんでしたが、狼から逃げられるはずもありません。

みっちゃんの腹は、またたくまに、狼の足に踏みにじられました。

じゅるじゅるじゅるじゅる。

みっちゃんが最後に聞いた音は、まさに、自分の内臓が食いちぎられる音でした。

その最期、みっちゃんは狼にききました。

「……ひーちゃんとふーちゃんもこうやって、殺したんですね。どうして、こんなことをするんですか？」

「簡単な話さ。わたしの可愛い子供に、あんたたちの肉を食べさせてやるためだよ」

本書は二〇一九年八月、小社より単行本として刊行されました。

|著者|真梨幸子　1964年宮崎県生まれ。多摩芸術学園映画科卒業。2005年『孤虫症《こちゅうしょう》』（講談社文庫）で第32回メフィスト賞を受賞しデビュー。女性の業《ごう》や執念を潜《ひそ》ませたホラータッチのミステリーを精力的に執筆し、着実にファンを増やす。'11年に文庫化された『殺人鬼フジコの衝動』（徳間文庫）がベストセラーに。他の著書に『深く深く、砂に埋めて』『女ともだち』『クロク、ヌレ！』『えんじ色心中』『カンタベリー・テイルズ』『イヤミス短篇集』『人生相談。』『私が失敗した理由は』（すべて講談社文庫）、『フシギ』（KADOKAWA）、『まりも日記』（講談社）、『一九六一　東京ハウス』（新潮社）、『シェア』（光文社）などがある。

三匹《さんびき》の子豚《こぶた》

真梨幸子《まりゆきこ》

講談社文庫
定価はカバーに
表示してあります

2022年11月15日第1刷発行

KODANSHA

発行者――鈴木章一
発行所――株式会社　講談社
東京都文京区音羽2-12-21　〒112-8001
電話　出版（03）5395-3510
　　　販売（03）5395-5817
　　　業務（03）5395-3615

デザイン―菊地信義
本文データ制作―講談社デジタル製作
印刷―――大日本印刷株式会社
製本―――大日本印刷株式会社

Printed in Japan

ISBN978-4-06-529293-8

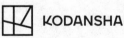

講談社文庫刊行の辞

二十一世紀の到来を目睫に望みながら、われわれはいま、人類史上かつて例を見ない巨大な転換期をむかえようとしている。

世界も、日本も、激動の予兆に対する期待とおののきを内に蔵して、未知の時代に歩み入ろうとしている。このときにあたり、創業の人野間清治の「ナショナル・エデュケイター」への志を現代に甦らせようと意図して、われわれはここに古今の文芸作品はいうまでもなく、ひろく人文・社会・自然の諸科学から東西の名著を網羅する、新しい綜合文庫の発刊を決意した。

激動の転換期はまた断絶の時代である。われわれは戦後二十五年間の出版文化のありかたへの深い反省をこめて、この断絶の時代にあえて人間的な持続を求めようとする。いたずらに浮薄な商業主義のあだ花を追い求めることなく、長期にわたって良書に生命をあたえようとつとめるところにしか、今後の出版文化の真の繁栄はあり得ないと信じるからである。

同時にわれわれはこの綜合文庫の刊行を通じて、人文・社会・自然の諸科学が、結局人間の学にほかならないことを立証しようと願っている。かつて知識とは、「汝自身を知る」ことにつきていた。現代社会の瑣末な情報の氾濫のなかから、力強い知識の源泉を掘り起し、技術文明のただなかに、生きた人間の姿を復活させること。それこそわれわれの切なる希求である。

われわれは権威に盲従せず、俗流に媚びることなく、渾然一体となって日本の「草の根」をかたちづくる若く新しい世代の人々に、心をこめてこの新しい綜合文庫をおくり届けたい。それは知識の泉であるとともに感受性のふるさとであり、もっとも有機的に組織され、社会に開かれた万人のための大学をめざしている。大方の支援と協力を衷心より切望してやまない。

一九七一年七月

野間省一

講談社文庫 最新刊

伊兼源太郎
〈地検のS〉
Sが泣いた日
次期与党総裁候補にかかる闇献金疑惑の証拠をつかめ！　最注目の検察ミステリー第二弾！

矢野　隆
〈戦《いくさ》百景〉
本能寺の変
天下の趨勢《すうせい》を一夜で変えた「本能寺の変」。信長と光秀の、苛烈な心理戦の真相を暴く！

決戦！シリーズ
決戦！忠臣蔵
栄誉の義挙か、夜更けのテロか。日本人が愛し続けた物語に、手練《てだ》れの作家たちが挑む。

田中慎弥
完全犯罪の恋
「私の顔、見覚えありませんか」突然現れたのは、初めて恋仲になった女性の娘だった。

菅野雪虫
〈予言の娘〉
天山の巫女《みこ》ソニン　巨山《コザン》外伝
北の国の孤高の王女・イェラがソニンに出会う少し前の話。人気王宮ファンタジー外伝。

菅野雪虫
〈海竜の子〉
天山の巫女《みこ》ソニン　江南《カンナム》外伝
温暖な江南国の光り輝く王子・クワンの凄絶な少年期を描く。傑作王宮ファンタジー外伝。

ジャンニ・ロダーリ
山田香苗　訳
うそつき王国とジェルソミーノ
少年が迷い込んだ王国では本当と嘘があべこべで……。ロダーリの人気シリーズ最新作！

講談社タイガ

友麻《ゆうま》　碧《みどり》
〈輝夜姫《かぐやひめ》の恋煩《こいわずら》い〉
水無月家の許嫁《いいなずけ》2
コミカライズも大好評連載中！　天女の血に翻弄《ほんろう》される二人の和風婚姻譚、待望の第二巻。

講談社文芸文庫

蓮實重彥
フーコー・ドゥルーズ・デリダ
解説=郷原佳以
はM6
『言葉と物』『差異と反復』『グラマトロジーについて』をめぐる批評の実践=「三つの物語」。ニューアカ台頭前の一九七〇年代、衝撃とともに刊行された古典的名著。
978-4-06-529925-8

古井由吉
楽天記
解説=町田 康　年譜=著者、編集部
ふA15
夢と現実、生と死の間に浮遊する静謐で穏やかなうたかたの日々。「天ヲ楽シミテ、命ヲ知ル、故ニ憂ヘズ」虚無の果て、ただ暮らしていくなか到達した楽天の境地。
978-4-06-529756-8

辻村深月　冷たい校舎の時は止まる(上)(下)
辻村深月　子どもたちは夜と遊ぶ(上)(下)
辻村深月　凍りのくじら
辻村深月　ぼくのメジャースプーン
辻村深月　スロウハイツの神様(上)(下)
辻村深月　名前探しの放課後(上)(下)
辻村深月　ロードムービー
辻村深月　ゼロ、ハチ、ゼロ、ナナ。
辻村深月　V.T.R.
辻村深月　光待つ場所へ
辻村深月　ネオカル日和
辻村深月　島はぼくらと
辻村深月　家族シアター
辻村深月　図書室で暮らしたい
辻村深月　噛みあわない会話と、ある過去について
新川直司 漫画 辻村深月 原作　コミック 冷たい校舎の時は止まる(上)(下)
津村記久子　ポトスライムの舟
津村記久子　カソウスキの行方
津村記久子　やりたいことは二度寝だけ
津村記久子　二度寝とは、遠くにありて想うもの
恒川光太郎　竜が最後に帰る場所
月村了衛　神《み》子《こ》上《がみ》典《てん》膳《ぜん》
月村了衛　悪の五輪
辻堂　魁《かい》　落暉《ゆうひ》に燃ゆる〈大岡裁き再吟味〉
辻堂　魁　山桜花〈大岡裁き再吟味〉
フランソワ・デュボワ　太極拳が教えてくれた人生の宝物〈中国・武当山90日間修行の記〉
手塚マキと歌舞伎町ホスト80人 from Smappa! Group　ホスト万葉集〈文庫スペシャル〉
土居良一　海翁伝
鳥羽　亮　金貸し権兵衛〈鶴亀横丁の風来坊〉
鳥羽　亮　提《ちょう》灯《ちん》斬り〈鶴亀横丁の風来坊〉
鳥羽　亮　お京危うし〈鶴亀横丁の風来坊〉
鳥羽　亮　狙われた横丁〈鶴亀横丁の風来坊〉
東郷　隆 上田　信 絵　【絵解き】雑兵足軽たちの戦い〈歴史・時代小説ファン必携〉
堂場瞬一　八月からの手紙
堂場瞬一　壊れる心〈警視庁犯罪被害者支援課〉
堂場瞬一　邪心〈警視庁犯罪被害者支援課2〉
堂場瞬一　二度泣いた少女〈警視庁犯罪被害者支援課3〉
堂場瞬一　身代わりの空(上)(下)〈警視庁犯罪被害者支援課4〉
堂場瞬一　影の守護者〈警視庁犯罪被害者支援課5〉
堂場瞬一　不信の鎖〈警視庁犯罪被害者支援課6〉
堂場瞬一　空白の家族〈警視庁犯罪被害者支援課7〉
堂場瞬一　チェンジ〈警視庁犯罪被害者支援課8〉
堂場瞬一　誤《あやま》ちの絆〈警視庁総合支援課〉
堂場瞬一　傷
堂場瞬一　埋れた牙
堂場瞬一　Killers(上)(下)
堂場瞬一　虹のふもと
堂場瞬一　ネタ元
堂場瞬一　ピットフォール
堂場瞬一　焦土の刑事
堂場瞬一　動乱の刑事
堂場瞬一　沃野の刑事
土橋章宏　超高速！参勤交代
土橋章宏　超高速！参勤交代 リターンズ
戸谷洋志　Jポップで考える哲学〈自分を問い直すための15曲〉
富樫倫太郎　信長の二十四時間
富樫倫太郎　スカーフェイス〈警視庁特別捜査第三係・淵神律子〉

富樫倫太郎　スカーフェイスII　デッドリミット〈警視庁特別捜査第三係・淵神律子〉
富樫倫太郎　スカーフェイスIII　ブラッドライン〈警視庁特別捜査第三係・淵神律子〉
富樫倫太郎　スカーフェイスIV　デストラップ〈警視庁特別捜査第三係・淵神律子〉
豊田　巧　警視庁鉄道捜査班〈鉄血の警視〉
豊田　巧　警視庁鉄道捜査班〈鉄路の牢獄〉
砥《と》上《がみ》裕《ひろ》將《まさ》　線は、僕を描《えが》く
夏樹静子　新装版 二人の夫をもつ女
中井英夫　新装版 虚無への供物(上)(下)
中島らも　僕にはわからない
中島らも　今夜、すべてのバーで〈新装版〉
鳴海　章　フェイスブレイカー
鳴海　章　謀　略　航　路
鳴海　章　全能兵器AiCO《アイコ》
中嶋博行　新装版 検察捜査
中村天風　運命を拓く〈天風瞑想録〉
中村天風　叡智のひびき〈天風哲人 箴言《しんげん》註釈《ちゅうしゃく》〉
中村天風　真理のひびき〈天風哲人 新箴言《しんげん》註釈《ちゅうしゃく》〉
中山康樹　ジョン・レノンから始まるロック名盤
梨屋アリエ　でりばりぃAge
梨屋アリエ　ピアニッシシモ
中島京子　妻が椎茸だったころ
中島京子ほか　黒い結婚　白い結婚
奈須きのこ　空の境界(上)(中)(下)
中村彰彦　乱世の名将 治世の名臣
長野まゆみ　簞笥のなか
長野まゆみ　レモンタルト
長野まゆみ　チマチマ記
長野まゆみ　冥途あり
長野まゆみ　45°〈ここだけの話〉
長嶋　有　夕子ちゃんの近道
長嶋　有　佐渡の三人
長嶋　有　もう生まれたくない
永嶋恵美　擬　態
永井均　内田かずひろ 絵　子どものための哲学対話
なかにし礼　戦場のニーナ
なかにし礼　生きる力〈心でがんに克《か》つ〉
なかにし礼　夜の歌(上)(下)
中村文則　最後の命
中村文則　悪と仮面のルール
編/解説 中田整一　真珠湾攻撃総隊長の回想〈淵田美津雄自叙伝〉
中田整一　四月七日の桜〈戦艦「大和」と伊藤整一の最期〉
中村江里子　女四世代、ひとつ屋根の下
中野美代子　カスティリオーネの庭
中野孝次　すらすら読める方丈記
中野孝次　すらすら読める徒然草
中山七里　贖罪の奏鳴曲《ソナタ》
中山七里　追憶の夜想曲《ノクターン》
中山七里　恩讐の鎮魂曲《レクイエム》
中山七里　悪徳の輪舞曲《ロンド》
長島有里枝　背中の記憶
長浦　京　赤《セキ》刃《ジン》
長浦　京　リボルバー・リリー
中脇初枝　世界の果てのこどもたち
中脇初枝　神の島のこどもたち
中村ふみ　天空の翼　地上の星
中村ふみ　砂の城　風の姫
中村ふみ　月の都　海の果て

中村ふみ　雪の王　光の剣
中村ふみ　永遠《とわ》の旅人　天地の理《ことわり》
中村ふみ　大地の宝玉　黒翼《こくよく》の夢
中村ふみ　異邦の使者　南天の神々
夏原エキジ　Ｃｏｃｏｏｎ〈修羅の目覚め〉
夏原エキジ　Ｃｏｃｏｏｎ２〈蠱惑の焰〉
夏原エキジ　Ｃｏｃｏｏｎ３〈幽世の祈り〉
夏原エキジ　Ｃｏｃｏｏｎ４〈宿縁の大樹〉
夏原エキジ　Ｃｏｃｏｏｎ５〈瑠璃の浄土〉
夏原エキジ　連理の宝〈Ｃｏｃｏｏｎ外伝〉
夏原エキジ　Ｃｏｃｏｏｎ〈京都・不死篇―蠱《こ》―〉
夏原エキジ　Ｃｏｃｏｏｎ〈京都・不死篇２―疼《とう》―〉
長岡弘樹　夏の終わりの時間割
西村京太郎　華麗なる誘拐
西村京太郎　寝台特急「日本海」《メモリー・トレイン》殺人事件
西村京太郎　十津川警部　帰郷・会津若松
西村京太郎　特急「あずさ」《アリバイ・トレイン》殺人事件
西村京太郎　十津川警部の怒り
西村京太郎　宗谷本線殺人事件
西村京太郎　奥能登に吹く殺意の風
西村京太郎　特急「北斗１号」《スーサイド・トレイン》殺人事件
西村京太郎　十津川警部　湖北の幻想
西村京太郎　九州特急「ソニックにちりん」殺人事件
西村京太郎　東京・松島殺人ルート
西村京太郎　新装版　殺しの双曲線
西村京太郎　新装版　名探偵に乾杯
西村京太郎　南伊豆殺人事件
西村京太郎　十津川警部　青い国から来た殺人者
西村京太郎　新装版　天使の傷痕
西村京太郎　新装版　Ｄ機関情報
西村京太郎　十津川警部　猫と死体はタンゴ鉄道に乗って
西村京太郎　韓国新幹線を追え
西村京太郎　北リアス線の天使
西村京太郎　十津川警部　長野新幹線の奇妙な犯罪
西村京太郎　上野駅殺人事件
西村京太郎　京都駅殺人事件
西村京太郎　沖縄から愛をこめて
西村京太郎　十津川警部「幻覚」
西村京太郎　函館駅殺人事件
西村京太郎　内房線の猫たち〈異説里見八犬伝〉
西村京太郎　東京駅殺人事件
西村京太郎　長崎駅《ナガサキ・レディ》殺人事件
西村京太郎　十津川警部　愛と絶望の台湾新幹線
西村京太郎　西鹿児島駅殺人事件
西村京太郎　札幌駅殺人事件
西村京太郎　十津川警部　山手線の恋人
西村京太郎　仙台駅殺人事件
西村京太郎　七人の証人〈新装版〉
西村京太郎　十津川警部　両国駅３番ホームの怪談
西村京太郎　午後の脅迫者〈新装版〉
西村京太郎　びわ湖環状線に死す
仁木悦子　猫は知っていた
新田次郎　新装版　聖職の碑《いしぶみ》
日本文芸家協会編　愛染夢灯籠〈時代小説傑作選〉
日本推理作家協会編　犯人たちの部屋〈ミステリー傑作選〉
日本推理作家協会編　隠された鍵〈ミステリー傑作選〉
日本推理作家協会編　Ｐｌａｙ《プレイ》推理遊戯〈ミステリー傑作選〉

日本推理作家協会編　Doubt《ダウト》　きりのない疑惑〈ミステリー傑作選〉
日本推理作家協会編　Bluff《ブラフ》　騙し合いの夜〈ミステリー傑作選〉
日本推理作家協会編　ベスト8ミステリーズ2015
日本推理作家協会編　ベスト6ミステリーズ2016
日本推理作家協会編　ベスト8ミステリーズ2017
日本推理作家協会編　2019ザ・ベストミステリーズ
二階堂黎人　ラン迷宮
二階堂黎人　増加博士の事件簿〈二階堂蘭子探偵集〉
二階堂黎人　巨大幽霊マンモス事件
新美敬子　猫のハローワーク
新美敬子　猫のハローワーク2
西澤保彦　新装版 七回死んだ男
西澤保彦　人格転移の殺人
西村　健　ビンゴ
西村　健　地の底のヤマ(上)(下)
西村　健　光陰の刃《やいば》(上)(下)
西村　健　目撃
楡　周平　修羅の宴(上)(下)
楡　周平　バルス

楡　周平　サリエルの命題
西尾維新　クビキリサイクル〈青色サヴァンと戯言遣い〉
西尾維新　クビシメロマンチスト〈人間失格・零崎人識〉
西尾維新　クビツリハイスクール〈戯言遣いの弟子〉
西尾維新　サイコロジカル(上)〈兎吊木垓輔の戯言殺し〉(下)〈曳かれ者の小唄〉
西尾維新　ヒトクイマジカル〈殺戮奇術の匂宮兄妹〉
西尾維新　ネコソギラジカル(上)〈十三階段〉
西尾維新　ネコソギラジカル(中)〈赤き征裁vs.橙なる種〉
西尾維新　ネコソギラジカル(下)〈青色サヴァンと戯言遣い〉
西尾維新　ダブルダウン勘繰郎《かんぐろう》 トリプルプレイ助悪郎《スケアクロウ》
西尾維新　零崎双識の人間試験
西尾維新　零崎軋識《ぜろざききしき》の人間ノック
西尾維新　零崎曲識の人間人間
西尾維新　零崎人識の人間関係 匂宮出夢との関係
西尾維新　零崎人識の人間関係 無桐伊織との関係
西尾維新　零崎人識の人間関係 零崎双識との関係
西尾維新　零崎人識の人間関係 戯言遣いとの関係
西尾維新　xxxHOLiC アナザーホリック ランドルト環《かん》エアロゾル
西尾維新　難民探偵

西尾維新　少女不十分
西尾維新　本題〈西尾維新対談集〉
西尾維新　掟上今日子《おきてがみきょうこ》の備忘録
西尾維新　掟上今日子の推薦文
西尾維新　掟上今日子の挑戦状
西尾維新　掟上今日子の遺言書
西尾維新　掟上今日子の退職願
西尾維新　掟上今日子の婚姻届
西尾維新　掟上今日子の家計簿
西尾維新　新本格魔法少女りすか
西尾維新　新本格魔法少女りすか2
西尾維新　新本格魔法少女りすか3
西尾維新　人類最強の初恋
西尾維新　人類最強の純愛
西尾維新　人類最強のときめき
西尾維新　人類最強のsweetheart
西尾維新　りぽぐら!
西村賢太　どうで死ぬ身の一踊り
西村賢太　夢魔去りぬ

西村賢太 藤澤清造追影
西村賢太 瓦礫の死角
西川善文 ザ・ラストバンカー〈西川善文回顧録〉
西川 司 向日葵《ひまわり》のかっちゃん
西 加奈子 舞台
丹羽宇一郎 民主化する中国〈習近平がいま本当に考えていること〉
貫井徳郎 新装版 修羅の終わり(上)(下)
貫井徳郎 妖奇切断譜
額賀 澪 完パケ!
A・ネルソン 「ネルソンさん、あなたは人を殺しましたか?」
法月綸太郎 雪 密 室
法月綸太郎 法月綸太郎の冒険
法月綸太郎 新装版 密閉教室
法月綸太郎 怪盗グリフィン、絶体絶命
法月綸太郎 怪盗グリフィン対ラトウィッジ機関
法月綸太郎 キングを探せ
法月綸太郎 名探偵傑作短篇集 法月綸太郎篇
法月綸太郎 新装版 頼子のために
法月綸太郎 誰《たそ》彼《がれ》〈新装版〉
乃南アサ 不 発 弾
乃南アサ 地のはてから(上)(下)
乃南アサ チーム・オベリベリ(上)(下)
野沢 尚 破線のマリス
野沢 尚 深 紅
野村克也 宮本慎也 師 弟
乗代《のりしろ》雄介《ゆうすけ》 十《じゅう》七《しち》八《はち》より
乗代雄介 本物の読書家
橋本 治 九十八歳になった私
原田泰治 わたしの信州
原田泰治 原田武雄 泰治が歩く〈原田泰治の物語〉
林 真理子 みんなの秘密
林 真理子 ミスキャスト
林 真理子 ミルキー
林 真理子 新装版 星に願いを
林 真理子 野心と美貌〈中年心得帳〉
林 真理子 正 妻〈慶喜と美賀子〉(上)(下)
林 真理子 大《お》原《はら》御《ご》幸《こう》〈帯に生きた家族の物語〉
林 真理子 さくら、さくら〈おとなが恋して〈新装版〉〉
林 真理子 見城 徹 過剰な二人
原田宗典 スメル男〈新装版〉
帚木蓬生 日御子(上)(下)
帚木蓬生 襲 来(上)(下)
坂東眞砂子 欲 情
畑村洋太郎 失敗学のすすめ
畑村洋太郎 失敗学実践講義〈文庫増補版〉
はやみねかおる 都会《まち》のトム&ソーヤ(1)
はやみねかおる 都会《まち》のトム&ソーヤ(2)〈乱! RUN! ラン!〉
はやみねかおる 都会《まち》のトム&ソーヤ(3)〈いつになったら作戦《ミッション》終了?〉
はやみねかおる 都会《まち》のトム&ソーヤ(4)〈四重奏《カルテット》〉
はやみねかおる 都会《まち》のトム&ソーヤ(5)〈IN《イン》塀戸《VADE》〉(上)(下)
はやみねかおる 都会《まち》のトム&ソーヤ(6)〈ぼくの家へおいで〉
はやみねかおる 都会《まち》のトム&ソーヤ(7)《怪人は夢に舞う〈理論編〉》
はやみねかおる 都会《まち》のトム&ソーヤ(8)《怪人は夢に舞う〈実践編〉》
はやみねかおる 都会《まち》のトム&ソーヤ(9)〈前夜祭《EVE》 内人《ないと》side〉
はやみねかおる 都会《まち》のトム&ソーヤ(10)〈前夜祭《EVE》 創也《そうや》side〉
原 武史 滝山コミューン一九七四
濱 嘉之 警視庁情報官〈シークレット・オフィサー〉

濱　嘉之　警視庁情報官　ハニートラップ
濱　嘉之　警視庁情報官　トリックスター
濱　嘉之　警視庁情報官　ブラックドナー
濱　嘉之　警視庁情報官　サイバージハード
濱　嘉之　警視庁情報官　ゴーストマネー
濱　嘉之　警視庁情報官　ノースブリザード
濱　嘉之　ヒトイチ　警視庁人事一課監察係
濱　嘉之　ヒトイチ　画像解析〈警視庁人事一課監察係〉
濱　嘉之　ヒトイチ　内部告発〈警視庁人事一課監察係《デカ》〉
濱　嘉之　新装版　院内刑事
濱　嘉之　新装版　院内刑事〈ブラック・メディスン〉
濱　嘉之　院内刑事〈フェイク・レセプト〉
濱　嘉之　院内刑事　ザ・パンデミック
濱　嘉之　院内刑事　シャドウ・ペイシェンツ
濱　嘉之　プライド　警官の宿命
馳　星周　ラフ・アンド・タフ
畠中　恵　アイスクリン強し
畠中　恵　若様組まいる
畠中　恵　若様とロマン
葉室　麟　風渡る
葉室　麟　風の軍師〈黒田官兵衛〉
葉室　麟　星火瞬く
葉室　麟　陽《かげ》炎《ろう》の門
葉室　麟　紫匂う
葉室　麟　山月庵茶会記
葉室　麟　津軽双花
長谷川　卓　嶽《がく》神《じん》〈上・白銀《しろがね》渡り〉〈下・湖底の黄金〉
長谷川　卓　嶽神伝《がくじんでん》　鬼哭《きこく》(上)(下)
長谷川　卓　嶽神列伝　逆渡《さかわた》り
長谷川　卓　嶽《がく》神《じん》伝《でん》　血路
長谷川　卓　嶽《がく》神《じん》伝《でん》　死地
長谷川　卓　嶽神伝　風花(上)(下)
原田マハ　夏を喪くす
原田マハ　風のマジム
原田マハ　あなたは、誰かの大切な人
畑野智美　海の見える街
畑野智美　南部芸能事務所 season5 コンビ
早見和真　東京ドーン
はあちゅう　半径5メートルの野望
はあちゅう　通りすがりのあなた
早坂　吝《やぶさか》　○○○○○○○○殺人事件
早坂　吝　虹の歯ブラシ〈上木《かみき》らいち発散〉
早坂　吝　誰も僕を裁けない
早坂　吝　双《そう》蛇《じゃ》密室
浜口倫太郎　22年目の告白〈―私が殺人犯です―〉
浜口倫太郎　廃校先生
浜口倫太郎　AI崩壊
原田伊織　明治維新という過ち〈日本を滅ぼした吉田松陰と長州テロリスト〉
原田伊織　列強の侵略を防いだ幕臣たち〈続・明治維新という過ち〉
原田伊織　虚像の西郷隆盛　虚構の明治150年〈明治維新という過ち・完結編〉
原田伊織　三流の維新　一流の江戸〈明治は「徳川近代」の模倣に過ぎない〉
葉真中《はまなか》　顕《あき》　ブラック・ドッグ
原　雄一　宿命〈國松警察庁長官を狙撃した男・捜査完結〉
濱野京子　with《ウィズ》 you《ユー》
平岩弓枝　花嫁の日
平岩弓枝　はやぶさ新八御用旅(一)〈東海道五十三次〉
平岩弓枝　はやぶさ新八御用旅(二)〈中仙道六十九次〉

平岩弓枝　はやぶさ新八御用旅(三)〈日光例幣使道の殺人〉
平岩弓枝　はやぶさ新八御用旅(四)〈北前船の事件〉
平岩弓枝　はやぶさ新八御用旅(五)〈諏訪の妖狐〉
平岩弓枝　はやぶさ新八御用旅(六)〈紅花染め秘帳〉
平岩弓枝　新装版 はやぶさ新八御用帳(一)〈大奥の恋人〉
平岩弓枝　新装版 はやぶさ新八御用帳(二)〈江戸の海賊〉
平岩弓枝　新装版 はやぶさ新八御用帳(三)〈又右衛門の女房〉
平岩弓枝　新装版 はやぶさ新八御用帳(四)〈鬼勘の娘〉
平岩弓枝　新装版 はやぶさ新八御用帳(五)〈御守殿おたき〉
平岩弓枝　新装版 はやぶさ新八御用帳(六)〈春月の雛〉
平岩弓枝　新装版 はやぶさ新八御用帳(七)〈寒椿の寺〉
平岩弓枝　新装版 はやぶさ新八御用帳(八)〈春怨 根津権現〉
平岩弓枝　新装版 はやぶさ新八御用帳(九)〈王子稲荷の女〉
平岩弓枝　新装版 はやぶさ新八御用帳(十)〈幽霊屋敷の女〉
東野圭吾　放課後
東野圭吾　卒業
東野圭吾　学生街の殺人
東野圭吾　魔球
東野圭吾　十字屋敷のピエロ
東野圭吾　眠りの森
東野圭吾　宿命
東野圭吾　変身
東野圭吾　仮面山荘殺人事件
東野圭吾　天使の耳
東野圭吾　ある閉ざされた雪の山荘で
東野圭吾　同級生
東野圭吾　名探偵の呪縛
東野圭吾　むかし僕が死んだ家
東野圭吾　虹を操る少年
東野圭吾　パラレルワールド・ラブストーリー
東野圭吾　天空の蜂
東野圭吾　どちらかが彼女を殺した
東野圭吾　名探偵の掟
東野圭吾　悪意
東野圭吾　私が彼を殺した
東野圭吾　嘘をもうひとつだけ
東野圭吾　赤い指
東野圭吾　流星の絆
東野圭吾　新装版 浪花少年探偵団
東野圭吾　新装版 しのぶセンセにサヨナラ
東野圭吾　新参者
東野圭吾　麒麟の翼
東野圭吾　パラドックス13
東野圭吾　祈りの幕が下りる時
東野圭吾　危険なビーナス
東野圭吾　時《トキ》生《オ》〈新装版〉
東野圭吾　希望の糸
東野圭吾作家生活25周年祭り実行委員会　東野圭吾公式ガイド〈読者1万人が選んだ東野作品人気ランキング発表〉
東野圭吾作家生活35周年実行委員会 編　東野圭吾公式ガイド〈作家生活35周年ver.〉
平野啓一郎　高瀬川
平野啓一郎　ドーン
平野啓一郎　空白を満たしなさい(上)(下)
百田尚樹　永遠の0《ゼロ》
百田尚樹　輝く夜
百田尚樹　風の中のマリア
百田尚樹　影法師
百田尚樹　ボックス!(上)(下)

百田尚樹 海賊とよばれた男 (上)(下)
平田オリザ 幕が上がる
東 直子 さようなら窓
蛭田亜紗子 凛
樋口卓治 ボクの妻と結婚してください。
樋口卓治 続・ボクの妻と結婚してください。
樋口卓治 喋る男
平山夢明 〈大江戸怪談どたんばたん(土壇場譚)〉 魂《たま》豆《どう》腐《ふ》
平山夢明 宇佐美まこと ほか 超怖い物件
東川篤哉 純喫茶「一服堂」の四季
東山彰良 流《りゅう》
東山彰良 女の子のことばかり考えていたら、1年が経っていた。
平田研也 小さな恋のうた
日野草 ウエディング・マン
平岡陽明 僕が死ぬまでにしたいこと
ビートたけし 浅草キッド
藤沢周平 新装版 春秋の檻 〈獄医立花登手控え(一)〉
藤沢周平 新装版 風雪の檻 〈獄医立花登手控え(二)〉
藤沢周平 新装版 愛憎の檻 〈獄医立花登手控え(三)〉
藤沢周平 新装版 人間の檻 〈獄医立花登手控え(四)〉
藤沢周平 新装版 闇の歯車
藤沢周平 新装版 市 塵 (上)(下)
藤沢周平 新装版 決闘の辻
藤沢周平 新装版 雪明かり
藤沢周平 〈レジェンド歴史時代小説〉 義民が駆ける
藤沢周平 喜多川歌麿女絵草紙
藤沢周平 闇の梯子
藤沢周平 長門守の陰謀
古井由吉 この道
藤田宜永 樹下の想い
藤田宜永 女系の総督
藤田宜永 女系の教科書
藤田宜永 血の弔旗
藤田宜永 大雪物語
藤 水名子 紅嵐記 (上)(中)(下)
藤原伊織 テロリストのパラソル
藤本ひとみ 新・三銃士 少年編・青年編 〈ダルタニャンとミラディ〉
藤本ひとみ 皇妃エリザベート
福井晴敏 亡国のイージス (上)(下)
福井晴敏 終戦のローレライ I〜IV
藤原緋沙子 遠花火 〈見届け人秋月伊織事件帖〉
藤原緋沙子 春《はる》疾《はや》風《て》 〈見届け人秋月伊織事件帖〉
藤原緋沙子 暖《ぬくめ》鳥《どり》 〈見届け人秋月伊織事件帖〉
藤原緋沙子 霧の路《みち》 〈見届け人秋月伊織事件帖〉
藤原緋沙子 鳴《なる》子《こ》守《もり》 〈見届け人秋月伊織事件帖〉
藤原緋沙子 夏ほたる 〈見届け人秋月伊織事件帖〉
藤原緋沙子 笛吹川 〈見届け人秋月伊織事件帖〉
藤原緋沙子 青《せい》嵐《らん》 〈見届け人秋月伊織事件帖〉
椹野道流 亡羊の嘆 〈鬼籍通覧〉
椹野道流 新装版 暁天の星 〈鬼籍通覧〉
椹野道流 新装版 無《む》明《みょう》の闇 〈鬼籍通覧〉
椹野道流 新装版 壺《こ》中《ちゅう》の天 〈鬼籍通覧〉
椹野道流 新装版 隻《せき》手《しゅ》の声 〈鬼籍通覧〉
椹野道流 新装版 禅《ぜん》定《じょう》の弓 〈鬼籍通覧〉
椹野道流 池《ち》魚《ぎょ》の殃《わざわい》 〈鬼籍通覧〉
椹野道流 南《なん》柯《か》の夢 〈鬼籍通覧〉
深水黎一郎 ミステリー・アリーナ

講談社文庫　目録

藤谷　治　花や今宵の
古市憲寿　働き方は「自分」で決める
船瀬俊介　かんたん「1日1食」!!〈万病が治る! 20歳若返る!〉
古野まほろ　身元不明《ジェーン・ドゥ》〈特殊殺人対策官　箱崎ひかり〉
古野まほろ　陰陽少女
古野まほろ　陰陽少女〈妖刀村正《ようとうむらまさ》殺人事件〉
古野まほろ　禁じられたジュリエット
藤崎　翔　時間を止めてみたんだが
藤井邦夫　大江戸閻魔帳《えんまちょう》
藤井邦夫　三つの顔〈大江戸閻魔帳(二)〉
藤井邦夫　渡世人〈大江戸閻魔帳(三)〉
藤井邦夫　笑う女〈大江戸閻魔帳(四)〉
藤井邦夫　罰《ばち》当《あた》り〈大江戸閻魔帳(五)〉
藤井邦夫　福の神〈大江戸閻魔帳(六)〉
藤井邦夫　野暮天〈大江戸閻魔帳(七)〉
福澤徹三・糸柳《しやなぎ》寿昭《としあき》　忌《い》み地〈怪談社奇聞録〉
福澤徹三・糸柳寿昭　忌み地　弐〈怪談社奇聞録〉
福澤徹三・糸柳寿昭　忌み地　惨〈怪談社奇聞録〉
藤井太洋　ハロー・ワールド
藤野嘉子　60歳からは「小さくする」暮らし　生き方がラクになる
福澤徹三　作家ごはん
辺見　庸　抵抗論
星　新一　エヌ氏の遊園地
星　新一編　ショートショートの広場①～⑨
本田靖春　不当逮捕
保阪正康　昭和史七つの謎
堀江敏幸　熊の敷石
本格ミステリ作家クラブ編　ベスト本格ミステリTOP5〈短編傑作選002〉
本格ミステリ作家クラブ編　ベスト本格ミステリTOP5〈短編傑作選003〉
本格ミステリ作家クラブ編　ベスト本格ミステリTOP5〈短編傑作選004〉
本格ミステリ作家クラブ選・編　本格王2019
本格ミステリ作家クラブ選・編　本格王2020
本格ミステリ作家クラブ選・編　本格王2021
本格ミステリ作家クラブ選・編　本格王2022
本多孝好　君の隣に
本多孝好　チェーン・ポイズン〈新装版〉
穂村　弘　整形前夜
穂村　弘　ぼくの短歌ノート
穂村　弘　野良猫を尊敬した日
堀川アサコ　幻想郵便局
堀川アサコ　幻想映画館
堀川アサコ　幻想日記店
堀川アサコ　幻想探偵社
堀川アサコ　幻想温泉郷
堀川アサコ　幻想短編集
堀川アサコ　幻想寝台車
堀川アサコ　幻想蒸気船
堀川アサコ　幻想商店街
堀川アサコ　幻想遊園地
堀川アサコ　魔法使ひ
本城雅人　境界〈横浜中華街・潜伏捜査〉
本城雅人　スカウト・デイズ
本城雅人　スカウト・バトル
本城雅人　嗤うエース
本城雅人　贅沢のススメ
本城雅人　誉れ高き勇敢なブルーよ
本城雅人　シューメーカーの足音

本城雅人 ミッドナイト・ジャーナル
本城雅人 紙の城
本城雅人 監督の問題
本城雅人 去り際のアーチ〈もう一打席！〉
本城雅人 時代
堀川惠子 裁かれた命〈死刑囚から届いた手紙〉
堀川惠子 死刑の基準〈「永山裁判」が遺したもの〉
堀川惠子 永山則夫〈封印された鑑定記録〉
堀川惠子 教誨師
堀川惠子 戦禍に生きた演劇人たち〈演出家・八田元夫と「桜隊」の悲劇〉
堀川惠子・小笠原信之 チンチン電車と女学生〈1945年8月6日・ヒロシマ〉
誉田哲也 Qros《キュロス》の女
松本清張 草の陰刻
松本清張 黄色い風土
松本清張 黒い樹海
松本清張 ガラスの城
松本清張 殺人行おくのほそ道(上)(下)
松本清張 邪馬台国 清張通史①
松本清張 空白の世紀 清張通史②
松本清張 カミと青銅の迷路 清張通史③
松本清張 天皇と豪族 清張通史④
松本清張 壬申の乱 清張通史⑤
松本清張 古代の終焉 清張通史⑥
松本清張 新装版 増上寺刃傷
松本清張他 日本史七つの謎
松谷みよ子 ちいさいモモちゃん
松谷みよ子 モモちゃんとアカネちゃん
松谷みよ子 アカネちゃんの涙の海
眉村卓 ねらわれた学園
眉村卓 なぞの転校生
麻耶雄嵩 翼ある闇〈メルカトル鮎最後の事件〉
麻耶雄嵩 痾《あ》
麻耶雄嵩 メルカトルかく語りき
麻耶雄嵩 夏と冬の奏鳴曲《ソナタ》〈新装改訂版〉
麻耶雄嵩 神様ゲーム
町田康 耳そぎ饅頭
町田康 権現の踊り子
町田康 浄土
町田康 猫にかまけて
町田康 猫のあしあと
町田康 猫とあほんだら
町田康 猫のよびごえ
町田康 真実真正日記
町田康 宿屋めぐり
町田康 人間小唄
町田康 スピンク日記
町田康 スピンク合財帖
町田康 スピンクの壺
町田康 スピンクの笑顔
町田康 ホサナ
町田康 猫のエルは
町田康 記憶の盆をどり
舞城王太郎 煙か土か食い物〈Smoke, Soil or Sacrifices〉
舞城王太郎 世界は密室でできている。〈THE WORLD IS MADE OUT OF CLOSED ROOMS〉
舞城王太郎 好き好き大好き超愛してる。
舞城王太郎 私はあなたの瞳の林檎
舞城王太郎 されど私の可愛い檸檬

真山 仁 虚像の砦
真山 仁 新装版ハゲタカ(上)(下)
真山 仁 新装版ハゲタカII(上)(下)
真山 仁 レッドゾーン(上)(下)
真山 仁 グリード〈ハゲタカIV〉(上)(下)
真山 仁 ハーディ〈ハゲタカ2・5〉(上)(下)
真山 仁 スパイラル〈ハゲタカ4・5〉
真山 仁 シンドローム〈ハゲタカ5〉(上)(下)
真山 仁 そして、星の輝く夜がくる
真梨幸子 孤《こ》虫《ちゅう》症《しょう》
真梨幸子 深く深く、砂に埋めて
真梨幸子 女ともだち
真梨幸子 えんじ色心中
真梨幸子 カンタベリー・テイルズ
真梨幸子 イヤミス短篇集
真梨幸子 人生相談。
真梨幸子 私が失敗した理由は
松本裕士 兄 弟〈追憶のhide〉
円 居 挽 原作 福本伸行 カイジ ファイナルゲーム 小説版

松岡圭祐 探偵の探偵
松岡圭祐 探偵の探偵II
松岡圭祐 探偵の探偵III
松岡圭祐 探偵の探偵IV
松岡圭祐 水鏡推理
松岡圭祐 水鏡推理II〈インパクトファクター〉
松岡圭祐 水鏡推理III〈パレイドリア・フェイス〉
松岡圭祐 水鏡推理IV〈アノマリー〉
松岡圭祐 水鏡推理V〈ニュークリアフュージョン〉
松岡圭祐 水鏡推理VI〈クロノスタシス〉
松岡圭祐 探偵の鑑定I
松岡圭祐 探偵の鑑定II
松岡圭祐 万能鑑定士Qの最終巻〈ムンクの〈叫び〉〉
松岡圭祐 黄砂の籠城(上)(下)
松岡圭祐 シャーロック・ホームズ対伊藤博文
松岡圭祐 八月十五日に吹く風
松岡圭祐 生きている理由
松岡圭祐 黄砂の進撃
松岡圭祐 瑕《か》疵《し》借り

松原 始 カラスの教科書
益田ミリ 五年前の忘れ物
益田ミリ お茶の時間
マキタスポーツ 一億総ツッコミ時代〈決定版〉
丸山ゴンザレス ダークツーリスト〈世界の混沌《カオス》を歩く〉
松田賢弥 したたか 総理大臣・菅義偉の野望と人生
真下みこと #柚《ゆ》莉《り》愛《あ》とかくれんぼ
松野大介 インフォデミック〈コロナ情報氾濫〉
三島由紀夫 TBSヴィンテージ クラシックス 編 告白 三島由紀夫未公開インタビュー
三浦綾子 ひつじが丘
三浦綾子 岩に立つ
三浦綾子 あのポプラの上が空〈新装版〉
三浦明博 滅びのモノクローム
三浦明博 五郎丸の生涯
宮尾登美子 新装版 天璋院篤姫(上)(下)
宮尾登美子 新装版 一絃の琴
宮尾登美子 東福門院和子《まさこ》の涙(上)(下)〈レジェンド歴史時代小説〉
皆川博子 クロコダイル路地
宮本 輝 骸骨ビルの庭(上)(下)

2022年 9 月 15 日現在